KB122753

점을 찍다
선을 그리다
길이 된다

목차

1부
주어진 선에서 시작한 단촐한 그래프

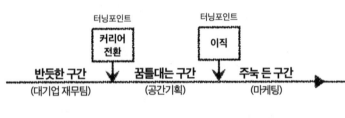

모범생의 학창시절　　　　물 만난 물고기　　　　보리의 기획은
커리어의 첫 단추　　　　　다시 한계　　　　　　　촘촘하지 않아요
존버의 시간　　　　　　　징검다리 만들기　　　　스타트업에서의 1년
기본기를 탄탄하게

그래프 확장
일기가 세워준 감정이라는 축
글쓰기가 끌어올려준 시선의 높이

2부
롤러코스터를 탄 그래프

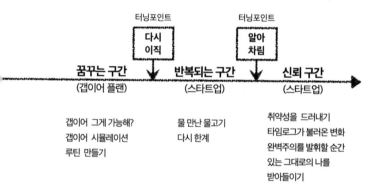

터닝포인트 — 다시 이직

터닝포인트 — 알아 차림

꿈꾸는 구간 (갭이어 플랜)

반복되는 구간 (스타트업)

신뢰 구간 (스타트업)

갭이어 그게 가능해?
갭이어 시뮬레이션
루틴 만들기

물 만난 물고기
다시 한계

취약성을 드러내기
타임로그가 불러온 변화
완벽주의를 발휘할 순간
있는 그대로의 나를
받아들이기

그래프 확장
회고와 계획이 발견하게 해준 패턴

3부
영향을 주고 받는 그래프

동료, 껍데기를 깨고 나올 수 있게 도와줄게요

리추얼 메이커, 쉽고 재미있게 꾸준히!

페이스 메이커, 서로의 거울이 되어 줄게요

메이트, 내가 경험한 그 좋은 걸 함께해요

입사 동기, 당신이 모르는 당신의 모습을 말해줄게요

프롤로그

나는 오랫동안 하고 싶은 일을 품고만 사는 사람이었다. 저 멀리 어딘가에서 반짝이는 꿈에 다가가고 싶었지만 늘 걱정과 의심이 앞섰다. 어차피 완벽하게 해내지 못할 거라면 안 하느니만 못하다는 합리화. 힘들게 노력해봤자 기회를 얻을 가능성이 희박할 거라는 추측(시도조차 하지 않으면 희박하다는 가능성마저 없는데도 불구하고). 안정성을 최고로 생각하는 주변 사람들을 설득할 수 없을 거라며 일찌감치 포기하고는 했다. 완벽주의를 가장한 게으름으로 늘 제자리에 있는 내가 못마땅했다.

막다른 골목에 이르러서야 무언가를 처음으로 시도했다. 뭐라도 하지 않으면 안될 것 같다는 간절한 마음과 더 늦으면 기회가 없을 것 같은 때가 되어서. 그제야 남의 눈이고 뭐고 신경 쓰지 않고 용기 낼 수 있었다. 지금 자리에서 할 수 있는 점을 찍고 나아가며 선을 그렸다. 그렇게 얻은 작은 첫 터닝포인트를 시작으로 도전의 보폭을 조금씩 키워나갔다. 변화와 목표가 커질수록 몸살도 심해졌지만, 시간의 힘을 믿으며 꾸준히 힘 빼고 버티다 보니 그토록 원하던 하고 싶은 일을 하고 있었다. 드디어!

고민하고 몸살 해온 십 년은 몇 줄로 압축해 버리기엔 아까운 시간이었다. 도전과 의심과 포기와 다시 도전이 무한 반복되는. 무언가 될 것 같다는 기대감으로 열심히 쌓은 성이 한순간에 무너져내리는 것만큼 허탈한 것도 없었다. 쌓고 무너뜨리길 반복하며 배운 게 있다면 무언가를 얻기 위한 비법 따위는 없다는 것. 결국 차이를 만들어 내는 건 매 순간순간 최선을 다해 축적한 시간이라는 것. 몸과 마음에 오래 길든 저항력을 이겨내고 꾸준하게 시간을 쌓아가려면 내게 편하고 재밌는 방법으로 가장 가까이 있는 작은 것에서부터 시작되어야 한다는 것. 그런 점과 선이 결국 내 길을 만들어 줄 거라는 것도.

추구하는 목표는 같을지라도 그 목표까지 가는 길은 각자의 생김새만큼이나 다양하다. 그래서 감히 방법은 중요하지 않다고 말하고 싶다. 중요한 건 내가 꾸준히 유지할 수 있는 방법을 찾으면 되기에. 오래갈 수 있게 나에게 편하고 재밌는 방법을 찾으려면 결국 다시 '나'에게서 그 답을 찾아야 한다. 나를 끊임없이 객관적으로 바라보고 알아차려야 한다. 나의 경우에는 기록을 남기면서 스스로 패턴을 발견할 수 있었다. 내가 어떨 때 자꾸 회피하는지 발견하고 지치지 않고 오래 편하게 걸을 수 있는 자세가 무언지 찾아가고 있다. 꾸준히 하다 보면 길이 열렸을 때 쭉쭉 나아갈 수 있으니 조급할 것 없다는 믿음을 갖게 되었다. 이 길이 지름길이라며 소리치는 다른 사람들의 이야기에 더는 흔들리지 않을 수 있었다.

사서 고생하는 사람의 인생 그래프를 책으로 만들면 과연 누가 읽을까 싶어 조용히 일기장으로 둘까 싶었다. 그러다 알을 깨는 시간을 거쳐오며 생긴 첫 번째 꿈, 내 손으로 무언가 만들어 결과물로 내어보고 싶었다. 솔직히 누군가에게 도움을 주고 싶다는 마음보다 자기만족이라는 욕구에 더 충실했다. 치열하게 일하며 그려온 시간의 궤적을 정리해 보고 싶다는 바람. 나를 제대로 소개하고 싶은 사람들에게 내미는 정성이 담긴 자기소개서라 생각하며 글을 썼다.

많은 책의 프롤로그는 이런 식으로 끝난다. 내가 뭐라고, 그래도 내 이야기를 듣고 공감하고 용기를 받는 사람들이 있다면 좋겠다고. 나 역시 이 순간이 되고 보니 이 글로 도움받을 수 있는 쓸모가 생긴다면 좋겠다 싶다. 스스로가 만든 새장 속에 갇혀 안될 거라고 포기해버리고 마는 사람들. 반짝거리는 꿈을 늘 품고 살지만, 계산기를 두드려보고 안될 이유를 찾는 걱정 인형들. 다음 기회를 기약하며 마음 한구석에 간절한 바람을 고이 품고 살아가는 사람. 지금 이 책을 펼쳐본

당신에게 필요한 용기 딱 한 스푼이 되어주기를 소심하게 기대하고
바라며.

간절히 원하는 것일수록 결국 그 길을 가게 되어있더라고요.

어차피 하게 될 것 하루라도 빨리 시작해보면 어때요?

1부

주어진 선에서 시작한 단출한 그래프

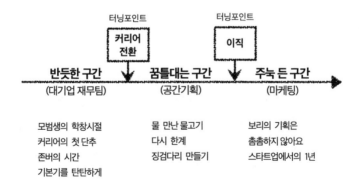

반듯한 구간

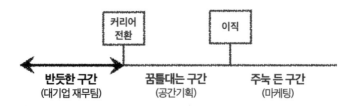

커리어 전환

이직

반듯한 구간
(대기업 재무팀)

꿈틀대는 구간
(공간기획)

주눅 든 구간
(마케팅)

모범생의 학창시절

#학교 앞 공중전화.

자기 키의 반은 되어 보이는 가방을 멘 꼬마. 가방 안에는 빨간색 동그라미가 가득한 시험지가 고이 담겨있다. 학교와 안전거리가 확보된 공중전화 앞에 멈춰서 두리번거리며 누가 없는지 확인하고 수화기를 든다.

"엄마 나 1등 했어! 2등은 나랑 10점 넘게 차이나."

"어휴 우리 딸, 고생했네. 얼른 와. 밥 먹고 시내 쇼핑가자."

20분 후면 집에 도착하지만 그사이를 견디기가 힘들다. 빨리 기쁜 소식을 알리고 싶어서. 잘했다고, 고생 많았다는 그 말을 조금이라도 빨리 듣고 싶어서.

어렸을 때는 친구들과 뛰어노는 시간이 제일 좋았는데, 시험을 보고 성적표를 받으면서 어른들에게 칭찬받는 게 더 좋았다. 안내받은 지름길을 착실히 따랐고 온실 안의 작은 세상에서 모범생으로 길들었다. 인정의 달콤함은 인내심이 쑥쑥 자라게 도와주었고 좋은 점수와 등수를 위해 참고 애쓰는 태도가 자연스럽게 몸에 새겨졌다. 그렇게 중학교를 수석으로 졸업하기까지 칭찬이 고팠던 어린아이는 안타깝게도 언제 행복한지, 무엇을 하고 싶은지, 뭘 위해 살아가는지와 같은 고민을 할 시간이 없었다. 생각은 아이에 머무른 채 껍데기만 자랐다. (물론 키는 별로 자라지 않았지만)

사립고등학교 입학 전, 반 배치고사라는 시험을 치렀는데 성적순으로 50명까지 배정받는 기숙사에 들어가지 못했다. 우물 밖으로 나와보니 나보다 성실하고, 성실한데 똑똑하기까지 한 친구도 많았다.
결과가 따라주지 않으니 자주 체했고 자주 아팠다. 노력은 절대
배신하지 않는 줄 알았지만 내가 들인 시간과 에너지에 비해 결과가
만족스럽지 않을 수도 있다는 걸 배웠다. 중요한 기준은 늘
상대적이어서 남을 누르고 이겨야 하는 세상이 처음으로 야속하게
느껴지기도 했다. 남들보다 더 노력하면 되겠지 생각하며 객기에 가까운
오기를 부렸다. 기숙사 불이 꺼지면 혼자 이불 속에서 손전등을 켜놓고
공부하고 하루에 4시간만 잤다. 재미를 느끼며 공부하는 법을 미처
깨닫지 못하고 그저 무식하게 버텼다.

　　특별한 이벤트 없이 배경은 늘 학교와 집. 일상의 굴곡은 시험과
성적을 중심으로 정해지던 시절. <u>스무 살까지 매 순간 치열하게 그려온
선은 남이 그려준 길에서 벗어나지 않고 반듯하고 단조로웠다. 나에겐
늘 주도권이 부족했다.</u> 누군가 커서 뭐가 되고 싶냐고 물으면 부모님이
좋다고 했던 직업을 떠올리며 앵무새처럼 대답했다. 수학과 과학이
재미있었지만, 수학적인 재능이 보이지 않는다는 선생님의 사망 선고에
따라 순순히 문과를 선택했다. 대학교 지원서를 쓸 때도 성적에 맞춰서
학교를 선택했고 나중에 취업이 잘된다는 말에 경영학과를 적었다.
(문송하기 전의 시절에는 그랬었다.)

대학생이 되어 비로소 치열한 경쟁의 굴레에서 한 발짝 벗어나 힘들고 지긋지긋했던 시간에 대한 보상심리로 자유로운 시간을 만끽했다. 마케팅 수업을 들으면서 공부하는 게 재미있을 수도 있다는 경험도 해보고, 동아리에서 인디밴드를 섭외해 공연을 만들어보며 막연하게 공연기획의 꿈을 키웠다. 무언가 하고 싶다는 희미하게 반짝이는 꿈 같은 게 깨어나려 기지개를 켜려는 그때쯤, 대부분의 졸업생이 선택하는 취직의 대열에 합류해야만 했다. 공연기획이라는 꿈은 '안정적인 직업과 회사'라는 현실의 벽을 넘기 힘들었으므로 포기해야 했다. 첫 변화의 점을 찍을 기회가 될 뻔했지만, 용기와 간절함이 부족했다. 회사의 선택을 받기 위해 풀려버린 경쟁 근육을 키워야 했고 다시 그동안 그려왔던 익숙한 선의 궤도에 진입했다. 하지만 조금 달라진 건 있었다. 안정성이 확보된 경계 안에서 가고 싶은 회사, 하고 싶은 일에 대한 건 희미하게나마 생겼다는 것. 그래서 이번에는 어른들이 안정적이고 좋다고 말하는 금융권 대신 내가 가고 싶다는 곳을 선택할 수 있었다. 조직문화가 자유롭다는 패션 회사와 처음으로 배움의 과정에서 재미를 맛본 마케팅을 목표로 힘겹게 취업에 성공했다. 그렇게 학교에서 회사로 배경이 바뀐 채 계속 비슷한 선을 그려나가게 된다.

커리어의 첫 단추

#신입사원 연수 마지막 날. 인사팀과의 부서배치 면담

"지원하신 마케팅팀은 신입사원을 받지 않아요."

"전 영업팀도 좋습니다."

"영업팀이라……. 여자가 버티기 쉽지 않은데. 영업팀에 간
여자분들은 힘들어서 많이 그만둬요. 경영학과도 졸업하셨고
재무팀에 더 적합한 것 같은데 본인을 필요로 하는 곳에서 일을
시작해 보면 어때요?"

"아……. 네."

앞으로 일할 팀을 배정받는 면담 시간. 하고 싶은 일이나 잘 할 수
있는 일에 대한 확신도 없고, 이왕이면 나를 필요로 하는 곳이 낫겠지?
생각한 짧은 순간에 커리어 첫 단추가 어영부영 끼워져 버렸다.
운동화와 모자를 쓰고 출근할 수 있는 자유로움이 좋아서 패션 회사에
지원했는데 다른 동기들과 달리 재무팀에서 일하는 나는 정장을 입고
출근해야 했다.

재무팀에서 시작된 본격적인 업무. IR은 투자자들을 대상으로 회사의 비즈니스와 실적을 정리하여 설명해 주는 일로 배워가고 알아가는 재미가 있었다. 우리가 사 입는 옷의 원가는 정작 20%밖에 안 되고 대신 30%는 백화점이 가져간다는 것, 유행이 빠르게 변하기에 재고관리가 중요하다는 점, 분기별로 매출과 이익이 차이가 크다는 점, 우리 회사는 차입금이 많아서 꼭 재무구조에 대한 설명이 자세히 필요하다는 점, 계열사 중에 옷의 재료인 원사를 만드는 회사가 있어서 시너지가 난다는 점 등등. 소비하는 입장에서만 보던 측면과 다르게, 패션업의 구조, 유통구조, 원가율, 산업 전후 방위로 연결되는 구조를 알아가면서 경험치가 쌓여가는 느낌이었다. 또한 패션업과 회사를 둘러싼 폭넓은 환경을 이해할 수 있고, 80밖에 몰라도 120을 아는 양 말할 수 있는 내 특유의 장점을 살릴 수 있는 일이었다.

IR과 세트처럼 따라다니는 업무, 공시는 영 정붙이기 힘들다. 과거로 회귀한 듯한 프로그램에 잔뜩 칸 채우기와 글짓기를 해야 한다. 족보처럼 물려받은 지난 분기보고서를 붙여넣고 업데이트한다. 투자자들이 꼭 알아야 할 중요한 정보를 회사가 알리도록 법으로 정한 제도가 바로 공시인데 이게 골치 아픈 이유는 법으로 만드는 주체가 여럿이고 그 주체에 따라 같은 사건도 기준이 다 다르기 때문. 잔뜩 엉킨 실타래처럼 복잡했고 너무 복잡해 보여서 실타래를 풀어볼 엄두조차 나지 않았다. 문서를 작성하는 프로그램만큼이나 고루했고 융통성이 없었으며, 프로그램 속 폰트만큼이나 촌스러웠다. 공시는 어째 팀 분위기와도 많이 닮아있었다.

"이렇게 해보면 안 되나요?" 하면 "그냥 시키는 것만 잘해."라는 날카로운 대답이 돌아왔다. 조용한 사무실에서 주목받는 게 두려워 칸막이 아래로 몸을 웅크렸고, 몇 번의 비슷한 경험으로 새로운 제안이나 질문은 하지 않기로 했다. 자신 있는 말투보다 주눅 든 제스처를 사람들이 더 좋아한다는 사실을 깨달아 그렇게 연기했다. 그게 훨씬 편했으니까. 재무팀에서 구르며 모가 깎여 둥글게 둥글게 다른 사람들과 비슷한 모양이 되어갔다. 일 년 정도 사회화되었을까. 소속된 패션 회사가 계열사와 합병을 하게 되면서 제조회사의 새로운 조직에서 일하게 되었다.

존버의 시간

#본부 여직원 회식 날, 노래방

"지금부터 노래하고 이걸 한 장씩 가져가도록!"

　촌스러운 영상과 노래 가사를 띄워주는 모니터에 정전기의 힘으로
붙어있는 만 원짜리 지폐. 노래하면 저걸 가져갈 수 있다고? 아무리 그런
시절이었다지만 그날을 시작으로 납득할 수 없는 사건들은 계속되었다.
인사팀 직원에게 운동화 대신 구두를 신으라는 메신저가 날아왔다.
(도대체 왜?) 집에 가서 아이들 보기 싫다는 옆 팀 과장님의 저녁 식사
제안을 거절할 새롭고 그럴듯한 이유도 계속 만들어내야 했다. 주주라는
자에게 "너 등에 칼을 꽂아줄 거야!!!!!" 하는 전화를 받아내야 했다.
회사에 있는 시간이 고역이었지만 죽으라는 법은 없는지 워라밸이
좋았고 그렇게 일 년 동안 칼퇴하고 열심히 운동하는 재미로 버텼다.
(정확히는 몸무게 숫자를 줄이는 재미로.)

어느 날, 패션 회사에서의 신입 때 사수로부터 지주사로 오라는 제안을 받게 되었다. 회사생활을 하며 처음으로 참고 버틴 시간에 대한 보상을 받는 느낌이었다. 열심히 하니 이런 기회도 생기는구나 싶었고 인정받았다는 생각에 들떴다. "잘할 수 있을까요?"라고 걱정하듯 말했지만, 너무 가고 싶었다. 이곳을 탈출할 좋은 기회였다. '그래 지주사에는 일잘러들이 많다고 하니 그곳에서 새 출발을 해보자!' 3년 경력만 채우고 다른 패션 회사로 이직하겠노라 다짐했지만, 이력서를 새로 쓰는 것보다 같은 회사 같은 건물 위층으로 짐 싸서 올라가는 게 편했다. 하고 싶지만 고될듯한 길보다 순탄한 길이 선택지로 주어지면서 그렇게 나는 또 쉽고 편한 길을 택했다. 관성에 의지한 채.

기본기를 탄탄하게

#지주사 경영관리실, '부장' 명패 앞에 결재판을 들고 있는

"금감원에서 이 서류를 제출하게 만든 이유가 뭘까요?"

"회사의 내부정보를 이용해서 시세차익을 노리는 걸 막으려는
목적으로……."

"그럼 왜 같은 내용으로 공시를 두 개나 하지?"

하라니까 할 뿐인데 왜라는 질문에 일시 정지.

"공시를 외워서 하려고 하면 너무 복잡하고 어려워요. 어색하더라도
근거로 하는 법을 보면서 공시가 만들어진 배경을 이해하면 훨씬
쉬울 거예요."

복잡한 법은 들여다보기도 싫어서 해설서만 보며 답을 찾았을 뿐 왜
이 일을 해야 하는지에 대해서는 고민해 본 적이 없었다. 휴가인 차장님
대신 결재를 받으러 갔던 그 날, 부장님은 이 공시가 왜 생겨났는지
배경과 관련된 사건을 예로 들어가며 3년 차 직원의 눈높이에 맞추어
자세히 설명했다. 부장님을 바라보는 두 눈에 '존! 경!'이라는 글자가

띄워졌다. 그날부터 빈칸을 채워가며 해치우려고만 했던 수동적인 태도부터 바뀌었다. 자료를 보는 사람이 무엇이 궁금할지 예측해보고 쉽게 이해할 수 있는 자료를 어떻게 만들지 고민했다. 일과 관련된 법, 법이 생기게 된 이유, 이 일이 다음에 어디에 영향을 미치는지까지 일의 배경과 구조에 대해서도 생각해보게 되었다.

왜 비슷해 보이는 업무를 두 팀에서 각각 하는 걸까? 왜 이 보고서는 대표님까지 보고하는 걸까? 한 번은 실수할 수 있는데 같은 실수가 반복되는 건 문제가 있는 거 아닐까? 어떻게 해결 할 수 있을까? 생각 없이 하던 대로 할 때마다 '왜'라는 물음표가 떨어졌다. 그때그때 생각해봐야 할 포인트들을 짚어주며 스스로 답을 찾아갈 수 있게 질문을 던지고 기다려주는 선배들을 만난 건 행운이었다. 일잘러이자 리더십도 탁월했던 두 분의 선배들 덕분에 '왜 이 일을 하는가'라는 목적을 생각하며 일하는 습관을 기를 수 있었다. 또 조직을 효율적으로 관리하고 공감하는 리더십도. 나도 그들처럼 성장하고 싶다는 바람이 있었기에 잘해야 본전인 재미없는 업무를 하면서도 의미를 부여할 수 있었다.

그렇게 어느 순간부터 대표님 결제도 직접 들어가고, 전 계열사의 공시 시스템을 개편하는 프로젝트도 리딩하게 되었다. 공시라는 일

자체가 재미있지는 않았지만 일의 기본기를 배워나가는 맛으로 버티며 보낸 열심의 3년이었다. 재미없는 일이지만 이 시간을 버틸 수 있었던 건 두 분의 선배들이 있었기 때문이다.

사회생활을 시작하여 7년 동안 재무 업무를 하며 만들어진 선은 '사회화'와 '기본기'라는 키워드로 압축된다. 학창 시절 그랬던 것처럼 주어진 일을 하다 보면 뭔가 또 다른 길이 생기겠지. 막연하게 생각했고 여전히 인정받기 위해 열심히 최선을 다해 일했다. 조직 안에 들어가 그 틀 안에 나를 끼워 맞추며 함께하며 다른 사람들과 비슷한 모양이 되어갔다. 개성을 조금 잃어 슬프면서도 일하는 사람의 태도나 마인드 등 기본기가 탄탄한 선이 그려졌다.

첫 번째 터닝포인트. 커리어 전환

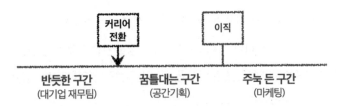

#회사 건물, 여자 화장실

"소문들었어? 김 부장님 임원 되나 봐. 상무 달고 계열사 CFO로 가신데!"

"이 부장님도 다른 팀으로 간다는 이야기가 있던데? 두 분이 설마 동시에 떠나시는 건 아니겠지?"

주어진 길에 저항하지 않고 사는 데 익숙한 나에게 좀처럼 터닝 포인트는 생기지 않았다. 물론 몇 번의 기회는 있었다. 부서 배치에서 순순히 재무팀을 받아들이지 않고 영업팀을 고집했다면? 지주사로 가지 않고 이직했다면? 늘 눈앞의 쉽고 편한 길을 선택했다. 관성을 거스르고 점을 찍는 일은 생각보다 쉬운 일이 아니었다.

일 년 전쯤엔가 패션 계열사의 어떤 브랜드에서 마케팅 경력직을 뽑는다는 채용공고를 우연히 보게 되었다. 마침 공고가 난 부서에 지인이 있어 조심스럽게 물었다.

"제가 지금 계열사 전환배치를 신청하면 아무래도 힘들까요? 솔직하게 말씀해주셔도 괜찮아요."

"거기 요즘 잘 나가서 오겠다고 줄 선 사람이 한 트럭이더라고. 흠, 좋은 조건의 후보들이 많은데, 굳이 경력이 없는 대리 말 호봉을 뽑을 이유가 없지 않을까?"

현실적인 답이었다. 바람 빠진 풍선처럼 마음이 쪼글쪼글해지고 잘못한 것도 없는데 괜히 죄지은 사람이 된 것 같았다. '역시 쉬운 일이 아니구나' 하며 자존심에 상처만 입고 마음을 접었더랬다. 새로운 일에 도전해보고 싶었지만, 그때마다 나를 주저앉히는 이때의 상처가 떠올랐다. '난 이미 틀렸어.' 하고 싶어 하는 일과는 도무지 연결고리가 보이지 않는 재무팀에서 차곡차곡 쌓인 경력을 다 포기하고 새로운 일을 할 용기가 부족했기에 주어진 자리에서 버티고 있었다.

하지만 과연 내가 지금까지 나랑 잘 맞지 않는다 생각하며 버텨온 시간이 다 의미 없는 걸까? 뭘 하더라도 이 시간은 필요한 게 아닐까? 처음부터 확고하게 자신이 추구하는 것과 원하는 걸 명확하게 알고 시행착오 없이 고속도로를 달리는 사람도 물론 있겠지만, 뭐든 직접 해봄으로써 얻는 정확한 나에 대한 정보가 있다. 나 역시 그랬다. 자연스럽게 선을 그리며 버티는 게 의미 없는 건 아니었다. 바라던 일은 아니었지만 주어진 자리에서 최선을 다하다 보니 일에서 내가 얻고 싶은 게 무언지 어렴풋이 알 수 있었으니까.

　　IR과 공시담당자의 주요 평가지표인 '주가'는 컨트롤할 수 없는 많은 변수에 의해 좌지우지되었으며 회사의 실적이나 성장성을 논리적으로 반영하지 않았다. 판단과 노력이라는 인풋 대비 아웃풋이 만족스럽지 않아 좌절감을 느낄 때가 많았다. 내가 제어하기 힘든 환경을 유난히 견디기 힘들어했다. 사람들에게 뭐라도 도움이 되는 쓸모있는 일을 하고 싶고, 더불어 나도 이 일을 통해 나중에 회사라는 울타리를 벗어나더라도 살아가면서 도움이 되는 경험치가 쌓였으면 좋겠다. 이 시간을 통해 발견한 첫 번째 나 정보. 내가 바라는 건 실용적인 일이다.

　　일 자체가 재미있지 않고 실용적이지도 않았지만 그런데도 버틸 수 있었던 건 성장하고 있기 때문이었다. 몰랐던 분야를 알게 되고 시스템을 잡아가며 일하는 방법을 배우고 일하는 이유를 생각하며 어떻게 일이 되게 하는지 깨우치며 성취감을 느꼈다. 두 번째 나 정보.

성장과 성취감은 재미있지 않은 일도 버티게 할 만큼 큰 가치가 있는 거구나.

나에게 맞는 것과 아닌 것에 대한 힌트도 얻을 수 있었다. IR과 공시는 업무 목표도 일하는 방식도 비슷했다. 포맷을 바꾸지도 못하는 공시와 달리 IR은 그래도 자유도가 어느정도 주어졌다. 투자자들이 궁금해하는 것을 알기 쉽게 제대로 전달하기 위해 IR 자료를 새로 만들고 프레젠테이션하는 일은 누가 시키지 않아도 계속 고민했고 개선해 나가는 과정이 재미있었다. 세 번째 나 정보. 높은 자유도가 주어지는 환경이 필요하구나.

'나는 성장할 수 있는 환경과 자유도가 높은 환경에서 재미있고 실용적인 일을 해야하는 사람이다.'라는 가설을 내린 것처럼 구체적이지는 않아도 내가 바라는 것과 아닌 것, 나에게 맞는 것과 아닌 것에 대한 퍼즐들을 찾을 수 있었다. 이제는 모은 퍼즐 조각들로 세운 가설이 맞는지 증명해봐야 하지 않을까? 게다가 지금까지 나를 버틸 수 있게 해 주었던 두 가지가 사라질 위기에 놓였다. 하나는 일을 통한 성장. 시간이 흘러간 만큼 열심이었던 나에게 업무는 너무나 익숙해졌고, 이제 큰 어려움 없이 자동반사적으로 업무를 수행할 수 있는 정도가 되었다. 근데 그렇게 일을 하는 시간이 영 재미가 없다. 힘들고 어려운 업무를 수행하면서 따라오는 성취감도 줄어들고, 어느 순간 성장도 정체되고 있었다. 또 다른 하나는, 일을 대하는 태도나 인간관계 등을 배울 수 있었던 존경하는 선배들이 이 조직을 떠난다는 점이었다.

버틸 수 있었던 이유가 다 사라진다고 생각하니 더 아쉬울 게 없어지면서 갑자기 용기가 솟아나기 시작했다. 첫 단추를 잘못 끼운 채로 창창한 앞날을 이렇게 살 순 없어. 지금이라도 제대로 다시 시작하자! 그렇게 남의 눈치나 자존심 따위 신경 쓰지 않을 용기가 생겼고, 패션 회사는 아니었지만, 공간기획을 하는 신사업부서로 팀을 옮겼다. 커리어 전환으로 선에 새로운 시작점을 만들 수 있었다. 단조롭고 무미건조해서 과연 살아있는 건가 의문이 들던 영혼이 깨어나기 시작했다. 무언가 하고 싶다는 희미하게 반짝이는 꿈같은 게 서서히 드러난다. 심장 박동이 뛰기 시작한 것처럼.

"저 다른 일 하고 싶습니다. 다시 패션 계열사로 보내주세요."

꿈틀대는 구간

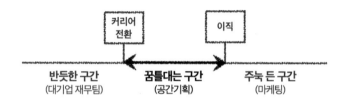

	커리어 전환

반듯한 구간
(대기업 재무팀)

꿈틀대는 구간
(공간기획)

주눅 든 구간
(마케팅)

이직

물 만난 물고기

"가만 보면 너도 똥된장 먹어봐야 하는 사람이야."

재무팀에서의 힘든 시간을 함께했던 친구 말이 맞았다. 결국 하고
싶은 건 해봐야만, 끝장을 봐야만 했다. 매번 이미 늦었다며 포기한 줄
알았지만 미련은 점점 더 커지고 있었다. 모나지 않게 둥글게 나를
깎아가며 세상에 맞춰 살아가는 것만 할 수 있는 줄 알았는데 더는 기댈
곳이 없어지니 다른 사람의 시선 따위 아랑곳하지 않을 용기가 생겼다.

재미는 없었지만 성실하게 최선을 다한 시간은 원하는 일에 한발 다가가는 데 발판이 되어 주었다. 상무님도 부장님들도 새로운 업무를 경험해보고 다시 돌아오라며 신사업기획팀에서 일할 수 있게 적극적으로 도와주셨다. 덕분에 사 년 동안 공간 기획자로 쇼핑몰의 마켓 기획, 식음 브랜드와 레스토랑 오픈, 호텔을 오픈하고 운영하는 업무를 할 수 있었다. 그렇게 새로운 선을 그려볼 수 있게 되었다.

신사업, 사업전략, 공간기획과 운영, 브랜딩 등등 이곳에서 했던 업무는 다양한 단어로 표현되었다. 주로 진행했던 업무는 다음과 같이 흘러갔다. 어떤 사람들을 타깃으로 어떤 목적과 컨셉을 가진 브랜드와 공간을 만들어 낼 것인지 고민한다. (때때로 이 과정이 결정된 채 업무가 시작되기도 했다.) 투자비를 예측하고 어떻게 돈을 벌 수 있을지 구조를 짠다. 공간을 만들어내기 위한 스케줄을 세우고 누구와 함께 할 지 선수를 선정한다. (이것도 가끔 선택권이 없을 때가 있었다.) 공간을 만드는 동안 그곳을 채울 유형의 것들을 고르고 서비스를 포함한 무형의 가이드도 만든다. 그 서비스를 제공할 사람들도 채용하고 교육한다. 공간, 물건, 사람, 서비스 모두 처음 정한 컨셉에 따라 일관되도록. 이 모든 과정을 처음부터 끝까지 모두 경험해 보기 전까지 그때그때 기회가 생기면 일부분씩 경험하며 업무를 시작했다.

처음에는 주로 사례를 조사하는 일이 많았다. 인터넷으로 자료를 조사하고 정리하고 필요한 곳들은 직접 찾아가서 눈으로 확인했다. 관계자들을 찾아서 인터뷰하기도 했다. 처음에는 그저 '인테리어가 감각적이다. 공간이 넓고 좋다. 새롭고 기발한 콘텐츠로 채워져 있다.' 같이 표면적으로 드러나는 것 중심으로 눈에 들어왔다. 요즘 인기가 많은 곳은 어떤지, 사람들이 관심을 가지는 것은 무엇인지 알아보는 데 그쳤다면 점점 이 공간을 누가 왜 만들었을지 조사하고 그 목적에 맞게 어떻게 다르게 만들고 운영하는지가 궁금해졌다. 이 공간의 목적이 수익을 남기기 위한 것인지 브랜딩을 위한 것인지, 수익구조는 어디서 나오는지, 장기적으로 유지하기에 문제나 부족함은 없는지 등등. 기획한 공간에서 운영까지 직접 해보면서 소비자의 눈에 멋있어 보이고 있어 보이는 것 뒤에 감춰진 실체와 허상도 알게 되었다. 반짝 화려한 있어빌리티보다 중요한 건 결국 그 공간의 목적과 방향이 흔들리지 않고 오래 지속할 수 있느냐는 것도.

노는 것처럼 즐겁게 일했고 잘 해내고 싶어서 주말에도 일했다. 휴가를 가서도 출장 때와 비슷하게 보냈다. 조금 늦게 시작했기에 빨리 배우고 적응하고 싶다는 욕심도 있었지만, 평상시 관심 있고 궁금했던 곳들을 돌아보고 일에 접목할 수 있기도 했다. 그만큼 취향도 잘 맞았다. 하고 싶고 재미있는 일을 월급 받으며한다는 게 가능한 거구나 싶었다. 말 그대로 덕업일치.

한 분야만 깊게 파는 것보다 얕고 넓게 다양한 분야를 섭렵해 가는 게 성격과도 잘 맞았다. 다양한 비즈니스를 접하며 매번 새로운 분야를 알아가는 게 재미있었다. 프로젝트가 시작되는 첫 미팅에서는 꿔다놓은 보릿자루처럼 한마디도 못 하고 메모장에 모르는 용어나 잔뜩 적고 나와 부담과 걱정이 되기도 하지만 다음 회의 때까지 며칠 동안 밤낮없이 조사하며 회의 자료를 준비하다 보면 다음 미팅 때는 다른 사람들이 나누는 대화를 이해할 정도는 되었다. 그렇게 몇 번의 회의를 거듭하다 보면 나도 그들과 함께 의견을 주고받는 사람이 되어 있다는게 큰 성취감을 주었다. 처음에 팀에 합류했을 때 일도 일하는 방식도 함께 일하는 사람들도 모두 생소해서 위축되기도 했고 조급하기도 했지만, 성격과 취향에 맞고 재미가 있으니 스펀지처럼 쪽쪽 빨아들이며 짧은 시간 안에 유통, 식음, 호텔, 공유 주거 등 다양한 분야의 지식을 넓혀갈 수 있었다. 새로운 분야의 지식이 쌓여가는 게 뿌듯했다.

공간 기획자로 일하며 크고 작은 여섯 개의 브랜드를 기획했고 세 개의 공간을 오픈했다. 푸드트럭부터 객실 100여 개의 호텔까지 직접 운영해볼 수 있었던 건 정말 귀한 경험이었다. 기획만 하고 싶다고 생각했었던 적도 있었지만 직접 운영까지 해본 기획자의 관점과 디테일을 따라갈 수가 없다는 사실을 깨달았다. 그 덕분에 내가 만들고 싶은 공간에 대한 나의 기준이라는 것도 갖게 되었고. 공간기획을 시작하던 시절을 떠올려보면 자신이 기획하는 공간에 대한 뚜렷한 가치관과 스타일이 있는 선배들이 있었다. 자유분방한 분위기와 커뮤니티를 중요하게 생각하는 선배도 있었고 건축물과 연결되는 스토리를 중요하게 생각하는 선배도 있었다. 물론 커다란 조직에서 단계별로 컨펌을 거치며 기획 의도를 높은 순도로 유지하기가 너무 어려운 일이긴 했지만, 자신만의 가치관과 스타일이 있는 선배들의 결과물은 확실히 달랐다. 진심과 최선을 다해 일한 시간이 쌓이면서 재미있는 일도, 쓸모 있는 일도 그리고 하고 싶지 않은 일도 견디며 경험하다 보니 나에게도 공간과 일을 대하는 나만의 관점과 가치관이 만들어져가고 있었다. '가치관이 깃든 일'의 가치를 알게 되었다.

다시 한계

　같은 해에 졸업한 친구 중에 대부분은 일찌감치 대기업에서 IT
회사로 이직했다. 그들의 세상은 빠른 속도로 변해가고 있었는데 나는
늘 제자리에 머무는 것 같아 불안했다. 세상이 이렇게 변해왔지만 내가
일하는 방식은 십 년 동안 변한 게 없다. 빅데이터에 사물인터넷,
인공지능 어쩌고 하는데 나는 여전히 엑셀만 만지작거리고 있다. 앞으로
무슨 일을 하고 싶은지 고민했다. 기획업무는 재미있긴 하지만 나에게
경력이 쌓인 호텔 프로젝트는 또 지금처럼 회사 상황이 여의치 않으면
신규 기획을 할 수 없는 상황이 생길 수 있다. 그럼 똑같이 지금과 같은
한계를 마주하게 될 거다. 대규모 자본이 수반되는 공간기획은 어딜
가나 내 의지로 컨트롤하기 힘든 부분이 있으니. 아예 업종을 바꾸어 앱
서비스 스타트업에서 일해보고 싶었다.

　집으로 돌아오는 길에 채용 플랫폼에 검색을 시작했다. 키워드는
공간기획, 사업기획, 신사업, 마케팅 등등. 스타트업은 리스크가 있으니
그래도 이름은 좀 들어본 어느 정도 궤도에 오른 곳으로 가고

싶은데…….. 사업기획이나 신사업으로는 컨설팅 경력이나 IT 기반의 동종업계 경력이 필수라 나는 지원 자격도 되지 않았다. 그럼 마케팅은? 그나마 브랜딩 경험을 살려 접점을 찾을 수 있을 것 같은데 전문적인 지식과 경험이 부족하네. 지금 이 상태로는 스타트업으로 이직은 불가하구나. 우울하네.

커리어 전환을 하기 전 패션 회사에 지원하고 싶었지만 녹록지 않았던 그때의 좌절감과 비슷한 기분이었다. 가만. 그때 그렇게 포기하고서 결국 다시 도전했잖아? 그때처럼 지금 포기하면 얼마 후에 결국 또 스타트업으로 가고 싶다고 생각할 거야. 포기하면 시간만 흘러갈 뿐이다. 뭐가 부족한지 알았으니 지금 내 자리에서 채울 수 있는 걸 찾아보자. 컨설팅 경력이나 동종업계 경력을 만들 수는 없으니 마케팅 지식이라도 쌓아보자. 일하다 보면 또 마케팅이 필요한 순간이 생길 수도 있고. 그럴 때를 대비해서 미리 디지털 마케팅을 독학해 봐야겠다. 내가 움직이지 않으면 변화가 생기지 않을 거니까. 그리고 결국 나는 움직이게 될 테니까.

징검다리 만들기

#호텔 회의가 끝나고 이동하는 차 안

"우리가 계속 이렇게 OTAOnline Travel Agency만 믿고 기다리는 것밖에 할 게 없을까? 비싼 수수료나 주면서 말이야. 우리는 반려견과 투숙할 수도 있고 일반 체인 호텔들과 다른 사람들이 많이 찾으니까 마케팅을 새롭게 좀 해보면 안 될까?"

"요즘 SNS에 직접 광고를 하는 것도 생각보다 효과가 좋대요. 사람들이 검색하는 키워드에 많이 걸려서 노출되도록 최적화하는 SEO도 많이 한다고 하더라고요. OTA에 주는 수수료만큼만 광고비로 쓰고 예약 들어오게 하면 그게 더 남는 걸 수도 있지 않을까요?"

"오~ 전문용어 좀 쓸 줄 아는데?"

"하하. 요즘 디지털 마케팅 온라인 강의 듣고 있어요. 저 마케팅해보고 싶어서요!"

"보리, 마케팅에 관심 있니? 나중에 한 번 이야기해보자."

디지털 마케팅을 독학하면서 '우리도 이런 걸 해보면 좋겠다.' 싶은 포인트들이 있었는데 그냥 강의만 들을 게 아니라 우리 호텔 사례에 접목해 보면 뭔가 될 수도 있겠다는 희망을 보았다. 이참에 호텔 마케팅 전략을 세워서 기회가 될 때 보고를 해야겠다. 매일 한 시간씩 일찍 출근해서 공부한 보람이 있네.

기획 당시의 우리 호텔 브랜드의 미션과 비전을 다시 한번 정리해보고 브랜딩과 세일즈 두 가지로 마케팅의 목적을 분리한다. 각각의 목적을 위한 큰 목표를 세우고 시기별로 마케팅 전략을 촘촘하게 세워본다. 그리고 다시 1페이지로 요약한다. 월간 실적 보고를 하는 날, 다양한 이야기가 오고 가다가 다시 그날과 비슷한 대화가 시작되었고 나는 조용히 정리한 보고서를 들이밀었다.

"강의 들으면서 정리해본 내용입니다. 기술적인 부분은 한계가 있겠지만 처음 우리가 기획했을 때의 미션과 비전에 맞는지도 점검해보고 마케팅도 목표를 세워서 진행해보면 좋을 것 같아요."

그렇게 마케팅 TF가 꾸려졌고 매주 화요일 그동안 내가 수강했던 강의 내용을 요약해서 함께 일할 팀원들과 함께 공유하며 스터디했다. 몇 년 만에 우리의 미션에 대해 다시 한번 공유하고 어떤 콘텐츠를 만들지도 논의한다. "우리 호텔의 미션과 핵심가치를 다 다르게 그리고 있는 것 같아. 라이프스타일 호텔이라는 단어도 너무 모호하고. 각자가 그리고 있는 그림과 우리가 나아갈 방향을 구체적으로 논의해 보면 좋겠는데." 호텔 오픈 준비를 함께했던 과장님과 가끔 나눴던 이야기다. 말로만 해야지 해야지 하던 일을 실제 해보니 우리가 짐스러워하던 만큼 그리 오래 걸리는 일도 힘든 일도 아니었다.

"과장님, 말로만 듣던 걸 해보니까 너무 신기하고 재밌어요!"

함께 일하는 후배에게 이런 말을 듣는 게 다시 엄청난 동기부여가 되어 돌아온다. 왜 진작 시도하지 못했을까. 괜히 나댄다는 이야기를 들을까 봐. 지금 눈앞에 닥친 일을 해내기도 벅찬데 일을 벌이기 부담스러워서. 한다고 했다가 못하면 창피하니까. 스스로 내 능력을 제한하고 힘들까 봐 미리 몸을 사렸다. 가만히 있으며 중간을 가는 게 가장 쉬운 일이라 여겼던 만큼 위험을 무릅쓰고 무언가를 한다는 게 두렵고 귀찮았다. 하지만 마케팅 업무를 꼭 해보고 싶다는 마음이 나를 움직이게 했다. <u>하고 싶은 일이 저기 건너에 있다면 할 수 없다고 핑계를 댈 것이 아니라 내가 그 일을 할 수 있도록 징검다리를 만들면 되는 거였구나.</u>

하고 싶은 일로 건너갈 수 있게 직접 다리를 놓아본 첫 경험. 이전에도 기회들은 많았을 것이다. 하지만 나는 매번 '그렇게 고생해도 기회가 생긴다는 보장도 없는데', '제대로 해야지 그렇게 일하면서 남는 시간에 대충한다고 뭐가 되겠어?' 효율과 완벽을 가장한 게으름 앞에 매번 무릎을 꿇었다. 이전처럼 '물 흐르듯 가다 보면 뭔가 방법이 생기겠지' 믿다가 더는 다른 길 없이 이대로 고여 끝날 것 같은 그 결과를 마주하기 싫었다. 그렇게 하루 한 시간씩 온라인 강의만 들었을 뿐인데 관심 있고 재미있는 일이다 보니, 그리고 다행히 그 일과 가까운 곳에 있다 보니 변화를 만들 수 있었다. 내가 만든 한계를 넘어선 듯한 통쾌한 기분이었다.

징검다리는 또 다른 징검다리를 놓게 했다. '겨울의 울릉도 리조트 영업 활성화'라는 숙제가 떨어진 어느 날. 이전의 나라면 '주민들도 떠나는 겨울 울릉도에서 무슨 관광이야?' 하며 어차피 안될 거 대충 홍보방안이나 빨리 보고서로 만들어 해치우려 했을 거다. 하지만 징검다리의 가능성을 확인하게 된 나는 달랐다. 그토록 해보고 싶다는 캠페인을 해볼 기회로 만들었다. 노마드를 대상으로 예측 불가한 울릉도 겨우살이 프로젝트를 제안해서 없던 예산도 만들어 내면서. 그렇게 징검다리를 하나둘 직접 만들어가다 보니 존재감 없이 구석에 구겨져있던 희망과 도전의 마음이 꿈틀대기 시작했다.

두 번째 터닝포인트. 이직

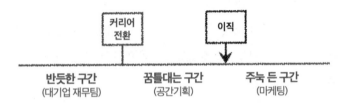

#신규호텔 사업 타당성 보고를 준비하며, 회의실

"전 이거 안되는 거라고 봐요."

"보리야. 이거 시간 낭비야. 그냥 매출 높게 잡고 인건비를 줄이면 되잖아."

"진짜 가능하다고 보세요? 이게 사업목표가 되는데 나중에 어떻게 실행해요? 제가 이 호텔 운영하게 된다면 이 사업구조 짠 사람 두고두고 욕할 거예요"

"방법은 어떻게든 찾을 수 있어."

"하아. 그렇게 시작해서 지금 호텔도 이렇게 애를 먹고 있잖아요. 저는 제 손으로 그렇게는 안 하고 싶어요."

"야, 이제 와서 이거 못한다고 어떻게 말하니? 이미 답은 정해져 있어. 우리 역할은 그걸 판단하는 게 아니야! 더 시간 끌지 말자. 그냥 우리는 시키는 대로 하면 돼."

시키는 대로 어떻게든 방법을 찾아내는 일을 이제는 하고 싶지 않다. 커리어 전환 이후 처음으로 하던 일에서 재미가 없어졌다고 느꼈던 때는 내 취향과 다른 일을 해야 하는 것이기에 지금 자리에서 작은 변화를 만들고 내가 바뀌어야 한다고 생각했다. 하지만 지금은 아니다. 그동안 일하며 쌓아온 가치관에 반하는 일을 해야 한다는 건 용납이 안 되었다. '다르다'와 '틀리다'는 천지 차이니까. 시키는 대로 할 수 있는가 스스로 질문을 던져본다. 머릿속에서 정리가 끝났다. 한껏 올라갔던 하이톤의 목소리는 평점심을 찾았다. 나지막이 말했다.

"그렇다면 저는 이 일을 그만두는 것이 좋겠어요."

성급한 일반화일지는 몰라도 대기업보다는 스타트업이 다양한 시도를 할 수 있는 기회가 많을 거라 기대했고 기업문화도 훨씬 자유로울 거라 생각했다. 그리고 그동안 그토록 꿈꾸던 마케팅을 제대로 해보기 위해 지금 하는 일과의 접점인 브랜드 마케팅팀에 지원해보기로 했다. 다만 회사의 규모나 인지도, 연봉 등을 포기할 자신은 없었다.

스타트업으로 이직하게 되었다고 사람들에게 이야기했을 때 "아 거기!" 할 만큼의 인지도는 있어야 했다. 안정성이 최고 가치인 엄마를 설득하려면 연봉도 포기할 수는 없었다.

그만두겠다는 말을 입 밖으로 뱉어버린 후 어떻게든 빨리 이직을 해야겠다는 생각에 주말 동안 이력서를 썼다. 막상 이력서를 써보니 사업기획과 전략, 공간기획, 재무팀에서의 경력 등 다양한 분야의 경험이 있어 내가 했던 일들과 접점을 찾는 게 어렵지 않았다. 여행플랫폼, 핀테크, 연예기획사, MCNMulti Channel Network의 약자로 1인 방송 창작자를 관리하는 기업, 미디어 플랫폼 등등 이름을 들어본 앱 서비스 업종의 스타트업에 지원서를 제출했다. 완벽하게 꿈꾸는 회사는 아니더라도 이번엔 기필코 이직하고 만다는 생각으로.

#스타트업 인터뷰 날

대기업에서 오래 일했는데 왜 이직을 결심하게 되었을까요?

저는 인생에서 일이 중요한 사람입니다. 워라밸이나 경제적인 보상보다 성장, 성취감 그리고 의미와 재미가 저에게는 더 중요해요. 최근 현재의 조직에서 이 모든 게 충족되지 않고 앞으로도 기대하기 어렵다고 판단했습니다. 왜 이 비즈니스를 해야 하는 건지 스스로 납득되지 않은 채로 꾸역꾸역 일하고 있는 저를 발견하게 되었습니다. 그동안은 주어진 자리에서 할 수 있는 일들을 찾아 소소한 도전을 했다면 이제는 일하는 환경을 바꿔야 할 때라는 생각이 들었어요. 몇 개월이 지나면 차장인데 지금이 도전할 수 있는 마지막 기회라는 생각도 있고요. 새로운 조직에서 새롭게 일하는 방식을 배우고 싶어 앱 서비스 스타트업에 지원하게 되었습니다.

왜 굳이 앱 서비스 업종이에요?

호흡이 길고 투자비가 큰 공간 비즈니스는 사업 성격상 어쩔 수 없이 보수적일 수밖에 없는 구조입니다. 저는 새롭고 다양한 시도를 하며 다양한 것들을 체득하기를 바라는데 공간 비즈니스에서는 쉽지 않겠다는 생각이 들었어요. 특히 앱 서비스 업계에서 일하는 친구들을 보면 빠르게 변하는 환경에 발맞춰 다양한 시도를 하고 있는데 저는 몇 년째 똑같은 방법으로 일하고 있더라고요. 변화를 주도해 가고 있는 환경에서 일하고 싶습니다.

개인의 성장도 중요하지만, 회사에 어떤 기여를 할 수 있느냐도 중요한데요. 보리 님이 회사에서 어떤 역할을 할 수 있을까요?

우선 브랜드를 론칭하고 지속 유지 관리한 다수의 경험이 브랜드 마케팅이라는 업무에 도움이 될 것이라는 점입니다. 다양한 업종의 브랜드 아이덴티티를 수립해서 타깃 고객에게 브랜드를 알리고 어떻게 하면 그들에게 사랑받는 브랜드가 될 수 있도록 고민했습니다. 여기까지 경험해본 사람은 많을 거예요. 하지만 저는 기획한 브랜드를 론칭하는 데 그치지 않고 실제 계획한대로 잘 유지되는지 직업 운영까지 해보면서 더 많은 걸 경험하고 배웠어요. 물론 앱 서비스 업종이나 온라인 마케팅 경험이 부족한 점은 있을 수 있겠지만 기술적인 부분은 시간이 지나면 금방 배울 수 있을 거라고 자신합니다.

두 번째는 일을 대하는 태도입니다. 두 개의 호텔을 담당하며 마케팅을 제대로 해보기 위해 디지털 마케팅을 독학하고 인터널 브랜딩으로 우리의 미션을 재점검하고 공감대를 형성하게 되었습니다. 이를 기반으로 콘텐츠도 만들고 퍼포먼스 마케팅이나 시즌성 캠페인도

직접 실행했었어요. 뭐든 새롭게 도전하고 시도하면서 내가 변화를
만들어낼 수 있겠다는 자신과 용기도 갖게 되었고요. 이런 태도 역시
저의 큰 자산이라고 생각합니다.

　　인터뷰는 그렇게 한 시간 넘게 진행되었다. 지원한 회사 중에
카셰어링 서비스 스타트업이 가장 빠르게 채용 절차가 진행되고 있었고
팀장님과 오픈마인드로 솔직하고 현실적인 대화를 나눌 수 있는 시간이
인상적이었다. (이를테면 솔직히 회사보다 포지션 때문에 지원했다는
말에 본인도 그랬다고 이야기해주는 점이라든지 합류하게 되면
대기업과 달라 시간이 필요할 수는 있지만, 이 회사의 조직문화는
합리적이고 효율적이라서 본인도 만족한다고 말해주는 것 등등) 인터뷰
후 입사하고 싶다는 마음이 급격하게 커졌다. 부드러우면서도 정확하게
체크해야 할 것들은 짚고 회사의 좋은 점을 과장하지 않고 기대하기
어려운 점들에 대해서도 두루뭉술하게 넘어가지 않고 명확하게 언급해
주는 점이 인상적이었다. 최종 합격 통지를 받았을 때 이런 팀장님과
함께 일할 수 있어 기대되었다. 원하는 곳에서 원하는 일을 하게
되었으니 최선을 다해 열심히 불태워 보리라.

주눅 든 구간

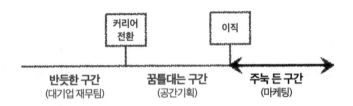

보리의 기획은 촘촘하지 않아요

잠을 줄여 공부하고, 하고 싶은 일을 만들어내고, 원하는 회사에
이직해 그토록 원하는 마케팅을 직접 해보기까지 자신감의 정점을
찍으며 2020년을 시작했다. 강연, 브랜딩 워크숍 등에 다니며
"스타트업 브랜드 마케터입니다."라고 나를 소개할 때만 해도 좋았다. 그
때가 정점임을 알아차렸을 때는 어디가 바닥인지 모르고 한없이
추락하고 있었다. 도대체 어디서부터 잘못된 걸까?

"보리의 기획은 촘촘하지 않아요."

팀장님의 조심스럽지만 단호한 한마디는 고민해오던 나의 기획 능력에 대한 현 위치를 객관적으로 바라볼 수 있게 했다. 이 순간은 나도 모르게 얼굴이 빨갛게 달아올랐지만, 부족한 부분을 깨달을 수 있어서 감사했다. 자책하지 말고 원인부터 찾아보자. 합리화라도 일단 해보자. 문제를 제대로 마주하지 않고 덮어버리면 곤란하니까.

그동안 주로 PPT로 작성해오던 보고서는 'why'와 'what'이 이미 정해진 경우가 많았다. '이런 걸 해야 해.'라는 숙제가 떨어지면 'how'에 대한 것을 작성하는 경우가 대부분이었다. 그것도 주로 이미지로. 주어진 목적을 위해 일하는 것과 목적을 스스로 찾아내는 건 완전히 다른 차원이었다. 촘촘하지 않다는 말에 공감은 되었지만, 구체적으로 어디가 어떻게 모자란 것인지 판단하기 힘들었고 어떻게 고쳐나가야 할지 막막했다. 몇 년 전 읽었던 <기획서의 정석>, <기획서 잘 쓰는 법>과 같은 책들도 다시 꺼내어 읽고 다른 사람들의 기획안도 열심히 뒤져보며 만회할 수 있는 다음을 기약했다.

얼마 지나지 않아 기다리던 새로운 프로젝트를 담당하게 되었고 배경과 목적, 목표 그리고 그 목표를 달성하기 위해 필요한 방법을 최대한 구체적으로 정리했다. 촘촘한 기획서로 나의 부족을 만회하고 싶었지만 정작 핵심인 커뮤니케이션 방법은 좀처럼 떠오르지 않았다. 좋은 결과물은 나오지 않고 조급하고 불안해하는 동안 시간은 흘렀다. 자료를 확인한 팀장님은 배경 설명이 부족했던 것 같다며 이번에는 시간이 별로 없으니 이렇게 수정해보는 게 어떻겠냐며 본인이 정리한 파일을 보여주었다. 목표도 대상별로 여러 가지를 각각 설정했고 목표 달성을 위한 방향성, 그 방향성을 실행하기 위해 지금 할 것과 나중에 할 것, 그리고 각각은 다시 브랜드팀에서 할 것과 영업팀에서 할 것들이 단계별로 나누어져 있었다. 좌절과 부끄러움은 내 몫이었다. 회사에 대한 배경지식, 서비스에 대한 이해도가 낮고 게다가 커뮤니케이션 기획은 처음이라 당연히 어떤 전략을 사용해야 하는지 모르는 것도 많았다. 하지만 그저 나는 왜 이렇게 기획을 못 하는 걸까 하는 생각밖에는 들지 않았다. 어깨를 축 늘어뜨린 채 다시 또 다음 기회를 기다려보는 수밖에 없었다.

이번에는 기념일 커뮤니케이션 기획안을 작성해야 했다. 지난번 모범답안과 열심히 뒤져본 레퍼런스 등을 참고로 나름 만족스럽게 초안을 작성했다. 이번 기획안의 핵심은 이벤트 아이디어. '아이디어만큼은 자신 있지! 이번엔 꼭 내 진가를 보여주겠어.'하며 여러 가지 안을 작성하고 옆에 앉은 동료에게 보여주면 "이런 건 앱을 개발해야 하는 거라 실행하기 어려워요." 혹은 "이런 이벤트 하는 거 본 적 있어요? 아무도 안 하는 건 다 이유가 있지 않을까요?" 혹은 "우리

서비스를 이용하는 30대 남자들은 일단 SNS를 잘 안 하잖아요." 하는 식의 답이 돌아왔다. 그럼 작년과 똑같은 이벤트를 해야 한단 말인가? 나역시 답답하긴 마찬가지. 썼다 지우기를 반복하며 흐르는 시간에 비해 채워지지 않는 하얀 모니터 앞에서 점점 위축된다. 결국 나는 내 손으로 작년과 비슷한 이벤트를 진행했고, 내가 하고 싶다고 생각했던 게 이런 게 맞나? 의심하기 시작했다.

그동안 유통과 호텔업에 한정된 타깃을 잡아 마케팅과 브랜딩을 해오던 나에게 대중을 대상으로 앱 서비스 마케팅을 기획하는 건 쉽지 않았다. '앱 서비스'도 '차'라는 영역도 처음이라 어려웠다. 나보다 훨씬 어린 친구들도 잘 해내는 일을 나는 왜 이렇게 헤매는 걸까. 얼마나 나를 무능력하다고 생각할까. 위축되고 재미도 없고 뭔가 나아질 기미도 보이는 것 같지 않고 악순환이 반복되고 있었다. 그만두어야 하나 싶었지만 이렇게 스스로 만족하지 못한 채로 루저가 되고 싶진 않았다. 어떻게든 버텨내고 이겨내야만 했다.

악순환에서 빠져나오기 위해 팀장님과 함께 일하는 동료들에게 솔직한 나의 감정과 생각을 털어놓았다. 서비스가 복잡해서 그럴 수 있다. 다들 초반에 많이 힘들어한다. 등등 너무 당연한 위로의 말이지만 조금은 마음이 편해졌다. 이후 용기를 내어 자꾸 묻고 확인하면서 내가 부족한 부분은 조언과 도움을 받았다. 언젠가 나도 그들이 의지할 수 있는 팀원이기를 바라면서. 스스로 괜찮다 다독이며 최선을 다했고 남들 눈치 보는 일도 조금씩 줄여나갈 수 있었다. 얼마 후 새로운 프로젝트를 담당하게 되고 한동안 정신없는 시간을 보냈다. 소처럼 그저 열심히 묵묵히 일하면서 여름이 겨울이 되는 동안 어느 순간 드디어 '이 정도면 나도 밥값은 한다.'라며 스스로 만족할 수 있는 시기가 왔다. 그날이 오기는 왔다.

스타트업에서의 1년

캐럴이 들려오는 시즌이 되었지만, 재택근무를 오래 해서인지 연말 기분이 나지 않는다. 친구와 함께 1년을 회고하는 연말 인터뷰를 진행하며 자연스럽게 스타트업에서 일한 1년을 되돌아보게 되었다.

2020년의 키워드는 무엇이었나요?

이직 그리고 몸살로 압축되는 듯해요.

스스로 주도한 변화인데 만족하시나요?

수익성 창출을 목표로 빠르게 변화에 대응하며 비즈니스 하는 스타트업에서 일하고 싶다는 점에서는 아주 만족해요. 많은 걸 배울 수 있었어요. 하지만 브랜드 마케팅이라는 업무에서 기대했던 부분은 못 해본 게 많아서 아쉬웠어요. 물론 저의 능력이 부족했던 이유도 있지만요.

구체적으로 어떤 부분이 아쉬웠어요?

회사 존폐가 달린 이슈가 생기고 거기에 코로나 상황이 겹치면서
사실상 기대했던 일들이 모두 사라졌어요. 촬영 일정까지 잡혀있었던
브랜드 캠페인은 지연되다가 결국 취소되고 성수기에 오프라인
프로젝트도 계획되어 있었지만 할 수 없게 되었고요. 재미있게 일할
거라 기대했던 일들을 많이 경험해보지 못했어요. 제가 유독 그런
활동들을 많이 기대해서 아쉬움이 더 컸던 듯해요. 그렇다고 의미가
없었던 건 아니에요. 글쓰기 연습한다고 그동안 제가 해온 일을
브런치에 열심히 남겼는데 그걸 살펴보니 꽤 많은 새로운 일들을
했더라고요. 지나고 보니 뿌듯했어요. 힘든 시간에 대한 보상을 받는
느낌이어서.

기대했던 것과 다른 차이가 있었다면 무엇이었나요?

세 가지 포인트로 정리가 되더라고요.

<u>첫 번째는 브랜딩보다는 세일즈 위주의 업무를 많이 했다는 것.</u>
팀명이 브랜드 마케팅팀이다 보니 당연히 브랜딩에 관련한 업무가 주를
이룰 거라고 예상했었어요. 마스터 브랜드와 서비스 브랜드들의
아이덴티티를 정립하고 수정하는 작업도 물론 하긴 했는데 아무래도 더
자주 반복되는 작업은 세일즈를 위한 프로모션이나 이벤트 기획과

실행이었어요. 브랜딩 강화와 브랜드 경험 개선을 위한 작업보다 매출 증대를 위한 작업이 자주 반복되었지요. 내 손으로 스팸 문자를 작성하고 있다고 느껴지거나 소모적이라고 느껴지는 일들이 있었어요.

두 번째는 브랜드 마케팅은 크리에이티브보다는 논리와 카피라이팅이 훨씬 중요하다는 것. 브랜딩이라 하면 막연히 브랜드를 매력적으로 보여주기 위한 TV 광고나 팝업스토어, 대형 프로젝트 등의 기획을 떠올리는 경우가 많잖아요. 영화나 드라마에서 마케팅팀에서는 항상 주인공이 내는 아이디어 하나로 극적인 전개가 되고? 제가 그런 생각을 하는 줄 몰랐는데 재미있어 보이는 활동들을 하는 시간이 훨씬 많을 거라 예상했나 봐요. 브랜드 마케팅팀에서 일하면서 제대로 알게 되었어요. 브랜딩의 핵심은 브랜드를 얼마나 멋있게 포장하는가가 아니라 '우리가 보여주고자 하는 차별화된 이미지가 그대로 고객에게도 잘 전달되는가'에 있다는 것을요. 일관된 이미지를 전달하기 위해 논리적으로 고민하고 논의하고 가다듬고 정리하는 이 과정을 질릴 만큼 수도 없이 반복해야 가능하다는 것도.

그동안 일하면서 보낸 시간을 생각해보면 문구를 작성하고 고민하고 검토하는 일의 비중이 절대적으로 높았더라고요. 우스갯소리로 문구봇이라고 이야기하기도 할 정도로 업무를 하는 많은 시간을 카피라이팅으로 보냈어요. 내가 경험한 브랜드 마케팅의 기본은 글쓰기, 그중에서도 카피라이팅이에요.

마지막으로는 안정기에 접어들어 시스템이 잘 갖춰진 스타트업에는 제너럴리스트보다는 스페셜리스트가 더 적합하겠다는 것. 스타트업에서는 적은 인원이 많은 일을 해야 하니까 경영관리-기획-운영의 경험을 가진 제너럴리스트로서의 경력이 도움이 될 거라 예상했었어요. 스타트업에 대한 간접경험이나 배경지식이 부족했지요. 조직도 크고 이미 시스템도 잘 갖추어져 있었기 때문에 저의 다양한 경력을 발휘할 기회는 거의 없었어요. 대기업에서 스타트업으로 이동했지만 속한 조직의 특성으로만 보자면 오히려 반대에 가까웠거든요. 상장을 준비하는 십 년 차 스타트업의 마케터는 담당한 업무를 빠르고 프로페셔널하게 수행할 수 있는 스페셜리스트가 오히려 적합하겠더라고요. 이 부분은 상세한 사전 조사 없이 회사를 결정해버린 저의 실수라고 생각해요.

실수라고 표현하셨는데 후회하시나요?

지금의 회사로 이직한 건 후회하지 않아요. 오히려 더 빨리 이 변화를 만들었다면 좋았겠다는 아쉬움이 있지요. 다시 이직을 결정했던 때로 돌아간다면 조직과 업에 대해 조금 더 깊이 있게 알아보고 선택할 것 같긴 해요. 저는 스타트업이라면 의례 다 말랑한 아이디어와 의욕 넘치는 분위기를 상상하며 알록달록한 젤리 같은 이미지를 떠올렸거든요? 근데 대기업과 큰 차이가 없더라고요.

그럼에도 불구하고 다시 기회가 와도 결국은 같은 선택을 할 것 같아요. 콩깍지가 씐 연애의 시작과도 같아서 결국 그렇게 되게 되어있었던 것처럼! 적절한 시점에 피와 살이 되는 경험이자 일을 대하는 나에 대해 자세히 알 수 있는 시간과 경험이었어요. 앱 서비스와 디지털 마케팅의 경험, 스타트업이 스마트하게 일하는 방식(목적을 생각하며 일하고 많은 것을 오픈하고 공유하는 습관, 실패를 두려워하지 않고 계속 개선점을 찾아가는 자세, 빠른 호흡, 나에겐 새로웠던 다양한 업무 툴), 찐 밀레니얼들과 일하며 그들의 생각과 문화를 직접 경험하는 것까지 모두 다요.

아! 그리고 깨달은 게 있어요. 회사와 함께 성장해온 로열티 높은 직원들을 보면서 느낀 건데요. 회사를 선택할 때 그 무엇보다 회사가 추구하는 가치에 공감하고 나의 성향이나 취향과 잘 어울리는 게 중요하구나 하는 점. 다음에 회사를 선택한다면 꼭 이게 1순위가 되어야겠구나 생각해요. 아직은 저에게 그런 회사가 없다는 게 문제이긴 하지만요.

지금 하고 있는 고민은?

하고 싶은 일과 잘하는 일 사이에서 무엇을 선택해야 하나 고민돼요.
교집합을 찾아 확장해보고 싶은데 저에겐 둘이 만나는 부분을 찾기가
쉽지가 않네요. 지금까지는 좋아하는 일을 선택해서 스펀지처럼 잘
흡수하며 성과도 냈다고 자부했는데 이번에는 스스로 만족하기까지
생각보다 오래 고전해서 너무 눈치가 보이고 힘들었거든요. 괜히 하고
싶다는 일하겠다고 나대다가 크게 데이고 나니, 회사에서는 본인이
잘하는 일을 해야하는 건가 싶기도 하고요.

'꿈꾸는 일이라는 게 과연 '노력'으로 이룰 수 있는건가. 혹시 타고난
DNA가 필요한 건 아닐까?'

'그럼 내가 타고난 DNA는 대체 뭘까. 장점을 활용해서 잘할 수 있는
일이 재미가 없으면 어떻게 해야 하지?'

'마케팅이 내가 진짜 하고 싶었던 일이긴 할까. 이 회사에서 경험하는
마케팅이 다는 아니지 않을까?'

'하고 싶은 다른 일에 다시 도전해야 할까. 아니면 다른 환경을 찾아야
하나?'

이런 식으로 생각이 흘러가요. 막상 이러지도 저러지도 못하면서 의심과 불만들만 모락모락 피워내고 있는 건 아닌가 싶기도 해요. '도전'이나 '변화'를 만들어야 하는데, 일 년 만에 하고 싶은 일을 찾아온 나의 선택이 잘못되었다는 걸 인정할 용기가 부족한 것 같기도 하고 지금 나이가 다시 시행착오를 감당하기에 부끄러운 숫자라 여겨지기도 해요. 차마 어쩌지도 못하고 마음속에서 액셀과 브레이크를 동시에 밟고 있으니 한 발짝도 나가지도 못하고 있네요.

새해 계획은?

올해 가장 잘한 일이 있다면 제가 해온 일을 계속 글로 써서 브런치에 업로드 한 것인 거 같아요. 새해에도 꾸준히 글을 쓰려고요.

첨부. 스타트업 브랜드 마케터의 업무

1. 고객 터치 포인트 파악 및 개선

브랜드와 서비스를 '인지-탐색-경험'하는 전 과정의 고객 터치 포인트를 파악하고 개선방안을 고민한다. 이 프로젝트는 자기 회사의 서비스를 실제 이용해 보며 개선점을 찾아가는 개밥 먹기로 이어지고 있다. 고객의 입장에서 이용자와 브랜드의 모든 접점을 파악하고 그들의 눈높이에서 문제점과 개선사항을 찾아내는 일로 항상 고객의 시각으로 브랜드를 점검하는 기본기를 익혔다.

2. 브랜드 인덱스 조사

BI Brand Index 조사의 목적과 방향성에 따라 조사 문항을 기획하고 분기별로 조사를 진행해 고객이 생각하는 브랜드의 이미지와 현 위치를 파악하고 그 추이를 분석했다. 사회적 이슈나 트렌드, 회사의 전략에 따라 고객이 그 변화를 감지하고 긍정 혹은 부정적인 반응을 보이는 결과를 수치로 확인한다. 이 결과를 고려해 다시 회사의 전략 방향에 반영하고 고민하는 과정이 의미 있게 느껴졌다. 1차 조사 시에는 결과를 분석하는데 그쳤던 초보자였던 나는 세 번의 과정을 통해 조사 결과에서 인사이트와 전략을 도출해 내는 과정을 배웠다.

3. 커뮤니케이션 기획 및 실행

600만 회원 달성 기념 커뮤니케이션을 기획하면서 뻔한 메시지 전달이 아닌 그리고 기발한 이벤트를 기획해 보고 싶었지만, 현실적인 제약에 부딪혀 (그보다 능력이 부족해서) 결국 어디서 본듯한 경품 지급 이벤트를 진행했다. 별거 아니라 예상했던 이벤트를 진행하는 과정에서 대상자를 선정하고 선물을 지급하는 오퍼레이션 하나하나 손이 가는 것이 많아 신기할 따름이었다. 처음 진행해보는 앱 서비스의 대규모 커뮤니케이션을 통해 처음부터 끝까지를 경험하고 바람과 현실의 차이도 함께 깨달았다.

4. 브랜드의 아이덴티티 수립 및 프로모션 기획 및 실행

서비스 브랜드의 사업 방향성 조정으로 인해 마케팅 전략을 새로 수립하고 그에 따라 매달 프로모션을 기획하여 실행했다. 앱 내 게재할 배너와 각종 푸시와 SNS 등 다양한 채널을 활용해 프로모션을 기획하고 실행했다. [기획-문구 작성-디자인 요청-검토-업로드] 하는 과정을 반복하면서 모바일 기반 앱 서비스의 채널별 커뮤니케이션 전략과 실행 방법에 대한 구체적인 그림이 잡혀갔다. 세일즈를 위한 후킹 문구를 작성하면서 자괴감이 들 때가 가끔 있었더랬다.

5. 콘텐츠 카피라이팅 개선

대고객 문구들에 대한 윤문도 진행하면서 카피라이팅에 대한 고민과
디테일을 강화하는 작업도 진행했다. 하찮은 일이라 여겨질 때도
있었지만, 복잡한 서비스를 이해하는데 개인적으로 큰 도움이 되었다.
마케터로서의 마인드 셋과 기본기를 위해 꼭 필요한 과정이라 생각한다.
하나의 브랜드 아래 비슷한 듯 조금씩 다른 하위 서비스와 상품의
체계를 정립하는 과정이 있었고, 다양한 시도를 주저하지 않는 만큼
신규 서비스와 상품 출시와 조정이 잦아 네이밍을 고민하는 일도
빈번했다.

6. 브랜드 아이덴티티 정립

입사 후 두 달 정도가 되었을 때 브랜드 그룹 워크숍을 통해
직원들이 생각하는 브랜드 아이덴티티, DNA, 미션과 비전, 핵심가치,
페르소나, 톤앤매너 등을 논의하고 다시 정리하는 작업을 진행했다.
그리고 연말에 마스터 브랜드와 각 서비스 브랜드들의 그것을 다시
논의하고 다듬는 인고의 시간을 보냈다. 이전 회사에서 짧은 기간 5개
이상의 신규 브랜드를 론칭한 나는 브랜딩에는 마침표가 없다는 것을
미처 몰랐었다. 변하는 환경과 브랜드를 접하는 사람들에 의해 비치는
모습을 고려하여 끊임없이 고민하고 개선해가는 과정이 진짜
브랜딩이었다.

7. PLCC 론칭

현대카드의 PLCC Private Label Credit Card 약자로 브랜드와 1:1 파트너십으로 기획된
신용카드. 제휴카드와 달리 카드상품을 공동 기획하고 수익을 분담하는 형태로 브랜드에 특화된 혜택을
제공한다는 특징이 있다. 론칭 커뮤니케이션 준비로 연말연초를 활활 불태웠다.
금융상품이다 보니 예상치 못한 제약사항이 많았고(모든
커뮤니케이션의 문구를 2주 전에 심의받아야 하는 것 등) 갖가지
아이디어를 많이 고민했지만 실현해 볼 수 있는 기회가 많지 않아
아쉬웠다. 하지만 코엑스에서 카드의 광고 영상을 마주하던 순간과
지인들에게서 버스정류장의 옥외광고 사진을 받는 순간들은 힘들었던
만큼 성취감을 주기도 했다.

글 원문 보기

그래프의 확장

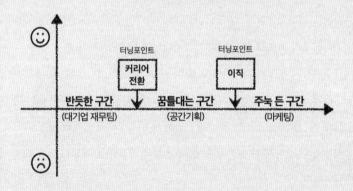

감정이라는 축이 하나 생기고 나니 단조롭던 선이 면으로 확장했다.
감정의 종류와 정도를 생각하며 나를 입체적으로 알아갈 수 있었다.
사건과 결과에만 의미를 두고 생각하다가 감정이라는 기준으로
하루하루를 곱씹다 보니 내가 뭘 원하는지, 어떻게 살고 싶은지
조금씩 힌트를 얻을 수 있었다.

일기가 세워준 감정이라는 축

원하던 회사와 커리어 전환 둘 다에 성공했기에 뭐든 하면 되는구나 자신감 최고조였던 두 번째 터닝포인트. 하지만 점을 찍고 선 그리기가 시작되고서 퍼포먼스는 좀처럼 내 기대치에 못 미쳤다. 새로운 프로젝트가 시작될 때마다 이번엔 더 잘 해낼 수 있겠지, 매번 기대했고 그렇게 여러 번 좌절했다. 자존감이 낮아지고 감정이 널을 뛰었다. 빨리 잘해서 인정받고 싶다는 생각에 조급해질수록 상태가 심해졌고 견디기 힘들었다. 오히려 한 발짝 뒤로 물러나 일과 거리를 둘 무언가가 필요했다.

지푸라기 잡는 심정으로 웹서핑을 하다가 <인문학책 읽기 x 감정일기>라는 온라인 프로그램을 발견했다. 매일 30분 인문학 책을 읽고 감정일기를 쓰는 리추얼 프로그램이었다. '감정일기'라는 단어에 끌려서 충동적으로 신청했고 프로그램이 시작하는 날, 온라인 미팅에서 리추얼 메이커가 어떻게 이 리추얼을 시작하게 되었는지 접하게 되었다.

"저는 자신을 생산성의 도구로만 여겼던 것 같아요. 책 읽는 걸 좋아하는데 경제 경영서를 더 많이 읽어야겠다는 생각으로 한동안 소설책을 읽지 않았어요. 오랜만에 우연히 소설책을 읽는데 책 속의 등장인물에게 내가 겹쳐 보였어요. 요즘 내가 왜 힘든지 깨닫게 되고 어떤 생각을 하며 살아야 하는지 근본적인 질문을 스스로 던지게 되더라고요. 우리가 살아가는 데 정말 필요한 건 이런 책을 읽고 나에 대해서 되돌아보고 알아가는 시간이 아닐까 싶어요. 그래서 이 리추얼을 시작하게 되었어요. '리추얼'이라는 단어가 종교적인 '의식'이라는 의미로 많이 사용되잖아요. 매일 나에게 선물하는 의식의 시간이라고 생각하면 좋을 것 같아요."

나에게 책은 일하는데 필요한 정보를 습득하기 위한 도구일 뿐이었다. 그래서 인문학책, 특히 소설이라는 장르는 활자를 사랑하는 부류의 사람들이 보는 장르이거나 그저 킬링타임용이라는 인식이 있었다. 그날 나에게 와서 꽂힌 저 말 덕분에 소설책을 읽어보기로 한다.

"나 직장 때려치우고 귀촌할래요."

"뭐? 이런 시골에 앞날 따윈 없어!"

오쿠다 히데오, <무코다 이발소>

이직 후 "우리 강원도 가서 카페 하면서 살까?"라고 습관적으로
뱉었던 말이 겹쳐 보였다. 이전 같으면 이런 고민에 답을 줄 듯한 <시골
빈집 찾기> 같은 책을 찾았을 테지만 별 기대 없이 적나라한 시골의
이야기라도 접할 수 있겠지 생각하며 읽기 시작했다.

주인공은 고향에서 이발소를 운영하는 50대 가장. 광고기획사에
취직했지만 좀처럼 능력을 발휘하지 못했고 아버지의 가업을
이어받아야 한다는 그럴듯한 핑계로 고향에 돌아왔다. 아들이 고향으로
돌아와 아버지의 이발소를 물려받겠다는데 자꾸 본인이 현실에서
도피해 이곳으로 돌아왔던 그 시절이 떠올라 못마땅하다. 무척이나
공감되고 공감이 되어 슬펐다. 직접 경험하지 못한 다양한 상황에
공감하고 다른 입장에 놓인 사람들을 이해하게 되는 게 가능하구나.
국제결혼을 하는 시골의 노총각을 토닥여 주고 싶다고 생각하게 될
줄이야. 나와 다른 다양한 인간에의 이해심과 배려심이 생기는 걸 보면
이기적인 나에게 정말 필요한 장르임이 틀림없다 생각하며 빠져들었다.
소설이 매력적으로 느껴진 또 다른 특징은 직접적으로 답을 주지

않는다는 점. 이야깃거리를 통해 생각거리를 던져 줄 뿐 각자의 상황과 생각에 따라 자유로운 해석이 가능하다. 생각이 담길 수 있는 여백 있는 스토리의 매력에 빠졌다.

매일 밤 소설을 읽고 마음이 말랑해지면 감정일기를 기록했다. 그날의 감정을 어딘가에 쏟아내는 행위 자체만으로도 속이 시원했다. 늘 나보다는 남의 감정이 어떨지 추측하고 신경 쓰느라 에너지를 다 소진해버리고는 했는데 나의 감정에 충실할 수 있음이 좋았다. 이거다! 싶은 감정이 느껴질 때면 일기에 쓰기 위해 마음속에 잘 저장해 두었고, 어떨 때는 그 자리에서 메모장에 떠오르는 감정과 생각을 기록하기도 했다. 좀 더 정제되지 않은 날 것 그대로의 감정을 잡아두려고.

한 달 후 마지막 온라인 미팅을 하는 날 리추얼 메이커의 숙제를 클리어하기 위해 그동안 열심히 쏟아낸 감정일기를 읽어보았다. 출근길에 해치우겠다는 요량으로 지하철에서 일기장을 읽는데 그 정신없는 세상속에서 오로지 나에게 스포트라이트가 켜진 듯 했고 아무런 소리도 들리지 않았다.

'이 사람은 왜 이렇게 남의 눈에 본인이 어떻게 보일지 의식하지? 남이 어떻게 생각하는지가 대체 왜 그렇게 중요하지?'

쓸 때는 몰랐는데 스스로 인정하고 싶지 않은, 유치하지만 근본적인 포인트들이 반복되고 있어 그 패턴이 보였다. 일기장을 관통하는 부정적인 감정의 원인을 해결하기 위해 뭔가 해야만 했다. 정말 신기하게도 그날은 팀장님과의 면담이 예정된 날이었고, 그렇게 나는 용기를 내어 솔직하게 내 상태를 오픈 할 수 있었다.

"이곳은 빠르게 시도하고 결과를 보면서 개선해 나가는 스타일이니 처음부터 완벽하지 않아도 괜찮아요. 보리는 우리 팀원들과 다른 부분의 장점이 있어요. 그들처럼 하려 하지 말고 본인이 생각하는 대로 자신 있게 해 봐요."

격려의 말에서 팀장님에게도 나의 위축이 이미 고스란히 느껴졌구나 싶었다. 힘든 점을 드러내고 나니 조금은 마음이 편해졌다. 이후 동료들과도 점심을 먹으며 지금 일하면서 어려움을 느끼는 부분에 대해 솔직하게 이야기하고 필요할 때 도움을 받았다. 그동안은 모르는 게 있으면 창피하기도 하고 바쁜데 귀찮게 하는 것 같아 혼자 검색하고 스스로 답을 찾으려 했지만 내가 무엇을 모르고 무엇 때문에 힘들어하는지 이들도 알아야 나에게 도움을 줄 수 있을 것 같았다.

남들 눈에 능력 있는 사람으로 보이면 어떻고 또 아니면 어떤가, 체면이 뭐 그리 중요한가? 좀 부족하면 어때, 사람 다 똑같지, 각자가 자기 고민으로 사느라 생각보다 남들이 어떤지 모르고 있을 수도 있고. 소설 속 등장인물들이 각자의 고민거리를 이고지며 살아가는 모습에서 용기를 얻을 수 있었던 것 같다.

소설을 읽고 감정일기를 쓰는 밤은 3개월 이상 계속되었다. 석 달의 일기장을 다시 되돌아보는데 감정이라는 이름의 세로축이 등장하면서 선과 굵직한 점의 반복에 불과했던 나의 인생 그래프에 면이 만들어지고 있었다. 지금껏 오른쪽 어딘가에 있을 목적지를 바라보며 끊임없이 나아가는 데만 초점을 맞추어 왔다면 이제는 지금 걷고 있는 내가 행복한지, 만족스러운지, 왜 불안한지, 무엇이 신경 쓰이는지 생각해보기 시작했다.

지나온 시간에 대해서도 내가 어땠는지 돌아보며 지금과의 연결고리를 찾게 되었다. 성적이 전부인 줄만 알았던 우물 안 개구리 시절, 노력보다 결과가 안 나왔던 너무 힘든 고등학교 시절, 아쉬운 게 많았지만 월급의 대가라 생각하며 버틴 사회초년생, 커리어 전환을 하면서 물 만난 물고기처럼 팔딱거리며 덕업일치를 이룬 8년 차 직장인 시절, 이직하고 몸살을 앓았던 두 번째 터닝포인트 이후 각 시점 난 어떤 감정을 느꼈고 생각을 했나? 감정이라는 축이 하나 생기고 나니 단조롭던 선이 면으로 확장했다. 감정의 종류와 정도를 생각하며 나를 입체적으로 알아갈 수 있었다. 이렇게까지 힘들어하면서 계속하는 이유는 무엇인가. 오늘 기분이 좋았던 건 성취감이었을까 아니면 다음에 대한 기대였을까? 정확히 어떤 포인트 때문이었지? 사건과 결과에만 의미를 두고 생각하다가 나의 감정이라는 기준으로 하루하루를 곱씹다 보니 내가 뭘 원하는지 어떻게 살고 싶은지 조금씩 힌트를 얻을 수 있었다.

유치원생의 일기처럼 "오늘은 기분이 좋았다. 기분이 나빴다. 로 시작되던 일기장은 만족스러움, 기대, 두려움, 불안함, 설렘, 든든함, 속상함, 주저, 고통스러움, 막막함, 비참함, 원망스러움 등등 감정을 표현하는 단어만큼이나 다채로워졌다. (물론 부정적인 감정이 많이 도드라지긴 했지만.) 뭐라도 해보자며 시작한 소설책과 감정일기는 막막하기만 했던 깜깜한 시간을 건강하게 지나올 수 있게 도와주었을 뿐만 아니라 앞으로 내가 어떻게 살아야 하는가 고민하는 시작점이 되어주기도 했다.

글쓰기가 끌어올려 준 시선의 높이

글쓰기는 간절하게 원하던 마케터가 되고서 어쩔 수 없이 시작한

일이었다. 어려서부터 책을 읽거나 글을 쓰는 걸 정말 싫어했다.

오죽하면 부모님이 고전을 영화로 접하게 했고 글쓰기 숙제는 엄마가

옆에서 불러주는 대로 받아 적었을 정도로. 성인이 되어도 크게 다르지

않았다. 대학을 갈 때도 논술이 없는 전형을 골라 지원했고 객관식으로

시험 보는 과목을 힘겹게 골라 수강했으며 독후감 쓰기보다 팀플

리포트를 쓰는 게 더 좋았다.

사회생활을 할 때도 비슷했다. 공시업무를 할 때도 회사 소개와

시장성, 경쟁력 등을 숫자와 문장이 아닌 긴 글로 쓰는 건 시도도 하지 않고 일찌감치 선배에게 도움을 요청했으며 보도자료 쓰기도 그렇게 싫어했었다. 이후 공간기획을 하면서는 브랜드 이미지와 어울리는 작가를 섭외하거나 외주를 주어 글 쓰는 일로부터 자유로워질 수 있었다. 긴 글을 쓴다는 건 보고서를 쓰거나 기획안을 작성하는 것과는 나에게 다른 의미였다. 이렇게 평생을 글쓰기라는 허들이 보이면 요리조리 잘도 피해왔다(고 생각했다). 그런데 드디어 피할 수 없는 상황에 맞닥뜨리게 되었다.

그렇게 되고 싶다며 노래를 부르던 마케터가 되었는데 마케터에게 필요한 자질은 통통 튀는 아이디어가 아니었다. 사람들이 이해하기 쉬운 글, 문법에 맞는 글을 쓰는 거였다. 기본을 갖춘 마케터가 되고자 글쓰기 책을 읽고 강연도 들었다. 혹시나 글을 잘 쓰는 비법이 있진 않을까 기대했지만 역시나 그런 건 없었다. 그저 책을 많이 읽고 글도 많이 써봐야 한다고 모두가 한목소리로 말하고 있었다. 연습 삼아 브런치에 'bori's resume'라는 매거진을 만들고 내가 하고 싶은 일을 하기 위해 도전한 이야기를 하나씩 써 내려갔다. 이력서의 짧은 경력 한 줄을 나만의 언어로 정리한다는 느낌으로. 이왕 쓰는 글, 내가 해온 일을 잘 정리해서 다음에 내가 정말 가고 싶은 회사에 이력서를 쓸 때 이 글을 증빙자료처럼 제출하겠다는 생각이었다.

글쓰기를 그렇게 싫어하던 나였는데 소재가 내 이야기라 그런지 쓰는 게 재미있었다. 글을 쓰다 보면 그동안 해온 일이 더 의미 있게 느껴지고 머릿속에 부유하던 생각들이 정리되었다. 그 느낌이 좋았다. 주말마다 나돌아다니기 바빴던 내가 글 쓰는 재미에 빠져 어느새 집순이가 되었다.

바라던 마케터가 되었지만, 능력이 부족하다는 자책에 괴로울 때면 하는 일을 정리하면서 '그래. 부족한 점도 있지만 이렇게 의미 있는 작업도 많이 했잖아. 고생했어.' 토닥토닥하기도 하고 내가 한 일들이 쌓여가는 과정이 눈에 보이는듯해서 뿌듯했고 위로받을 수 있었다. 내 글을 제일 열심히 읽어주는 엄마도 "내 딸이지만 참 글을 못 썼었는데, 확실히 하다 보면 다 느나 봐." 놀리듯 말했다. 언젠가부터 시간만 나면 글을 쓰겠다고 컴퓨터 앞에 앉아있었다.

글쓰기는 하고 싶은 일을 하기 위해 어쩔 수 없이 시작한 일이었지만 어느새 내가 좋아하는 일이 되어있었다. 애타게 찾을 때는 발견하기 힘들었던 좋아하는 일이라는 게 하고 싶은 걸 잘하고 싶어 열심히 하다 보니 자연스럽게 발견된 거다. 도대체 내가 좋아하는 게 무엇일까 알고 싶다면 그냥 기다리는 게 아니라 여기저기 가보고 이것저것 해봐야 알 수 있는 거였다.

한 편의 글을 쓰자는 목표는 얼마 지나지 않아 하나의 주제로 엮어야겠다는 목표로 바뀌었다. 새로운 목표를 위해 그동안 써온 글을 정리하고 다시 쓰는 과정을 반복했다. 어느 순간 내가 그리고 있는 지금의 걷고 있는 선에서 줌아웃이 되면서 내 몸에 갇혀있던 영혼이 풍선처럼 높이 두둥실. 내가 그리고 있는 인생 그래프가 한눈에 들어왔다. '성장에서 만족과 성취감을 느끼고 이 가치가 충족되지 않으면 늘 어떻게 변화를 만들지 고민해왔네. 그 고민이 결국 터닝포인트를 만들었구나!' 글을 쓸 때면 생각과 감정이 분리되어 객관적으로 보였다. 영화 <인사이드 아웃>에서처럼 내 안의 기쁨이, 슬픔이, 소심이 구슬을 한눈에 보며 정리하고 아카이빙하는 느낌이랄까?

나중에 알았는데 이 과정이 메타인지라고 했다. 시선의 높이가 높아지면서 내 주변에 맴돌면서 나를 헷갈리게 하던 감정과 생각 구슬을 멀리서 조망하며 분리해내고 본질을 바라볼 수 있었다.

나를 객관적으로 바라보게 되면서 원하던 대로 스타트업으로 이직했지만 왜 만족스럽지 않고 힘든지 알 수 있었다. 높은 자유도와 주도성을 기대하며 변화를 만들었지만 주도성이 주어지지 않는 환경이었고, 그 판을 쥐고 흔들 자신은 없었다. 더 중요한 건 또박또박

월급을 주는 회사라는 곳에서 내가 원하는 만큼의 자유도와 주도성을 기대하는 게 과연 맞는 걸까? 생각했고 그렇지 않다는 결론에 희망마저 사라지니 터닝포인트를 찍지도 못하고 그냥 좌절하고 있었다.

2부

롤러코스터를 탄 그래프

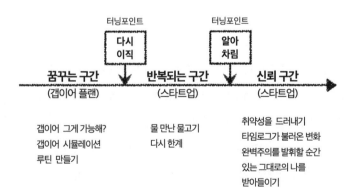

터닝포인트
**다시
이직**

터닝포인트
**알아
차림**

꿈꾸는 구간   **반복되는 구간**   **신뢰 구간**
(갭이어 플랜)   (스타트업)   (스타트업)

갭이어 그게 가능해?   물 만난 물고기   취약성을 드러내기
갭이어 시뮬레이션   다시 한계   타임로그가 불러온 변화
루틴 만들기   완벽주의를 발휘할 순간
                                          있는 그대로의 나를
                                          받아들이기

꿈꾸는 구간

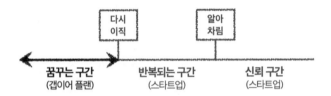

갭이어 그게 가능해?

#연말 인터뷰를 마치고, 와인잔을 짠하며 남편이 하는 말

"회사를 그만두고 쉬면서 하고 싶었던 일들을 제대로 해보면 어때?"

사회생활을 시작하여 십 년 넘게, 심지어 이직하는 순간에도 짧은 휴식조차 없이 열심히 달렸다. 안정을 최우선으로 삼는 부모님 밑에서 자라 성실하게 저축하며 미래를 준비했고 대책 없이 회사를 그만두는 일은 쉽게 상상하기 어려웠다. 최근 일에 대한 성취감과 재미가 사라지고 대안과 희망도 보이지 않으니 누렇게 시들어가고 있었다. 두통약과 몸살약을 달고 살고 촉기가 사라져 갔다. 일기에는 회사에 몸이 매여 하고 싶은 일들을 못 해서 아쉽다는 불만과 무기력이 켜켜이 쌓여가고 있었다. 이런 상황에서 친구의 제안은 단비 같았다.

"내가 쉬면 친구가 간절하게 원하는 내 집 마련의 꿈은 더 멀어지는데 괜찮아?"

"요즘 상황 같아서는 둘 다 열심히 벌어도 과연 그날이 올까 싶은데? 한 명이라도 하고 싶은 걸 찾았으면 그걸 하면서 행복하게 사는 게 낫지."

"정말? 좀 쉬고 싶긴 해. 근데 잠깐 쉬려다가 평생 쉬어야 하게 되면 어쩌지? 월급 없이 살 수 있을까?"

"쉬는 기간의 경험이 돈과 바꿀 수 없는 자산이 될 수도 있지."

"맞아. 더 늦기 전에 하고 싶은 걸 하면서 스스로 능력을 키우며 기회를 만들 수도 있지. 장기적으로 어떻게 살지 고민해야겠어! 아, 근데 월급통장에서 자동 이체되는 것들은 어쩌지?"

"마누라 부자잖아. 지금껏 열심히 저축해 놓은 돈 좀 쓰면서 살면 되지. 내가 노는 것도 아니고."

"오. 감동."

"머릿속으로 된다 안 된다, 괜찮다 아니다 하지 말고 한 번 적어서 정리해봐. 고민할 때 맨날 하는 거 있잖아. 내가 종이 반으로 접어줄까?"

"그래. 마음속에 걸리는 것들이 뭔지 하나씩 정리해봐야겠다."

걱정 1. 월급(돈)

가장 현실적이자 중요한 부분. 매달 꼬박꼬박 찾아오는 손님의 규모에 맞게 생활이 맞춰져 있다 보니 절대 이 규모가 줄어드는 상황은 상상할 수 없었다. 월급 없이 과연 살 수 있을까? 십 년 넘게 개미처럼 일한 덕에 저축한 잔고가 쌓여있는 통장이 있고, 무리해서 영끌을 하지 않았기에 내 집도 없지만 빚도 없다. 급여명세서와 자동이체내역, 신용카드 명세서, 친구와 매달 정산하는 가계부를 보며 평균적인 한 달 생활비를 계산해본다.

급여명세서에서 자동으로 빠져나가는 국민연금과 건강보험료 그리고 신용카드에서 자동이체 되는 보험료, 핸드폰 요금, 청약 저축, 장마 펀드 등을 다 합치니 약 60만 원. 친구와 절반씩 부담하는 월세와 관리비, 각종 공과금, 식비가 50만 원. 제일 많은 지출인 외식비와 옷을 포함한 각종 쇼핑에 소비하는 돈은 20만 원 이하로 줄이고. 각종 인터넷 강의와 강연, 책 구매, 각종 구독료는 오히려 늘어날 것 같은데 한 달에 20만 원은 넘지 않도록 하자. 여기에 연으로 들어가는 자동차 유지비와 집안 경조사, 명절 금일봉, 지인 경조비 등을 월로 환산하면 10만 원.

자동이체	국민연금, 건강보험료 청약저축, 장마펀드 등 보험료	60만원
생활비	식비 월세&관리비, 공과금	50만원
쇼핑		20만원 *더 줄일 수 있음
자기계발비	책, 강연, 구독료 등 교통비	20만원
기타	차 유지비 경조사 부모님 용돈 등	10만원
합계		160만원

내 최저 한 달 생계비는 160만 원. 허리띠를 졸라매면 사실 얼마든지 더 줄일 수 있지만, 보수적으로 계산했을 때 이 정도. 지금과 큰 차이 없이 크게 무리하지 않아도 되는 수준인데도 생각보다 많지 않네. 삼백만 원 정도는 최소 필요할 줄 알았는데……. 결국 나중에 정말 하고 싶은 일을 찾았을 때 한 달에 이백만 원 정도의 소득이 있다면 먹고 사는데 지장 없겠구나. 나, 생각보다 유지비가 많이 필요한 사람이 아니었네.

최저 생계비를 뽑아보려다가 새로운 사실도 발견했다. 이전에는 소비의 8~90% 정도가 모두 외모를 치장하는데 들어갔는데 이제 하고 싶은 일을 위해 내가 기꺼이 포기할 수 있는 소비가 되어 있었다. 남의 눈에 어떻게 보이는지가 더는 중요하지 않고 오히려 성장을 위한 투자에 아까워하지 않는 모습에 놀랐다.

막연하고 당연히 돈은 많으면 많을수록 좋은 거로 생각했는데, 뭘 위해 돈이 필요한지도 생각하지 않고 살고 있었구나. 지금 필요한 건 하고 싶은 걸 마음껏 해볼 수 있는 시간. 지금은 돈을 벌기 위해 그 시간을 모두 쓰고 있는데, 그렇게 번 돈 모두가 필수는 아니라면? 시간을 얻기 위해 돈을 기꺼이 기회비용으로 삼겠다. 나에게 심리적 행복을 주는 건 시간이니까. 지난해에 가입한 적금이 두 달 후면 만기인데 그 적금통장으로 갭이어를 행복하게 보내면 되겠어!

걱정 2. 엄마

처음 그만두겠다는 말을 내뱉고서 과연 내가 원하는 곳으로 이직할 수 있을까' 하는 생각보다 더 걱정되었던 건 '회사를 그만두고 스타트업으로 이직하겠다는 말을 엄마에게 도대체 어떻게 하는가'였다. 스타트업이지만 인지도가 있어야 한다는 나름의 기준은 바로 이 허들 때문에 자연스럽게 생겨난 건지도 모른다. 회사를 그만두고 스타트업을 가겠노라고 열 개쯤의 시나리오를 준비해서 무겁게 입을 열었을 때 의외로 엄마는 포기한 듯 말했었다.

"법정 스님이 그러더라. 우리가 자라온 세상과 다른 차원을 살아가는 자식들에게 우리의 조언이 다 무슨 소용이겠냐고. 하고 싶으면 어디 한 번 해봐."

법정 스님께 가서 절이라도 하고 싶었지만 사실 날 살린 건 법정 스님이 아니라 아빠였다. 엄마는 내가 쏙 빼닮은 아빠가 결국 하고 싶은 걸 해버리고야 마는 과정을 한 차례 옆에서 지켜보면서 마음의 준비를 이미 하고 있었더랬다. '저 유전자는 나와는 다르다. 가만히 버티고 있으면 임원이 될 텐데 (우리 엄마만의 생각 혹은 착각) 저걸 못 버티고 나와서 하고 싶은 걸 하겠다고 할지도 모른다. 최대한 그런 생각을 하지 못하도록 내가 철통방어를 해보겠지만 DNA는 무시 못한다.' 이렇게.

엄마는 내 생각보다 훨씬 대단한 사람이었다. 절대 무너지면 안 되는 안정적인 경계가 흔들리는 걸 지켜보겠다고 결심하다니. 나만 성장하고 있는게 아니었다. 그러니 이번에도 엄마는 나를 지원해 줄거야. 내가 왜 쉬려고 하는지 이유를 정리한 '생각 대차대조표' 쓰기.

현재 상태

- 마케팅을 하고 싶다고 생각했지만 업에 대한 이해가 부족했다. 막상해보니 내가 원하던 것과 많이 달랐다. 너무 오래 혼자 꿈꾸다 보니 환상으로 부풀려진 느낌.

- 하고 싶은 일은 일로 할 때 제일 많이 성장한다고 생각했지만, 월급 받으며 자기 계발을 하려니 부담감이 너무 크다. 퍼포먼스가 나지 않아 밥값을 못한다는 생각에 스스로 압박과 스트레스를 너무 많이 받는다. 하고 싶은 일과 잘하는 일 사이의 갭이 크다.

- 지금의 회사가 추구하는 가치가 내 개인의 가치관이나 취향과 많이 다르다. 그 차이로 일하며 재미와 의미를 찾기가 어렵다.

바라는 나

- 나는 결국 하고 싶은 건 해야만 하는 사람. 하고 싶은 일을 하는 능력이 부족하다고 포기하고 싶지 않다. 내가 잘하는 일만 하는 건 재미가 없다.

- 월급 받는 회사에서 하고 싶은 일을 배우는 게 아니라 잘하는 상태로 끌어올려 회사에서 퍼포먼스를 내야 한다. 스스로 능력을 개발하는 시간이 필요하다. 회사에서 그 징검다리를 찾기 어려우면 나의 시간과 에너지를 들여 스스로 그 능력을 개발해보겠다.

갭이어 시뮬레이션

<u>하고 싶은 일 적어보기</u>

투입하는 시간 대비 결과가 받쳐주지 않는 것 같아 부쩍 생산성에 관심이 커졌던 때, 생산성을 높이려는 방법을 알려고 하면 할수록 이상하게도 핵심은 건강하게 먹고 잘 자고 잘 쉬고 중요한 일에 집중하는 것으로 귀결되었다. 생산성 높은 삶을 실천하려 애써왔지만 쉽지 않았다. 늘 회사가 좋은 핑계가 되어주었다. 갭이어 라이프는 몸도 뇌도 반복되는 패턴에 자연스럽게 익을 수 있도록 규칙적인 생활을 하는 것을 기본으로 하자. 이를 위해 필요한 일들과 책 읽기, 전시 보기, 여행 다니기, 기록 남기기 등 하고 싶다고 생각한 일들도 모두 써본다.

- 건강한 식습관 기르기 (우유, 밀가루, 당분 줄이기)
- 이틀에 한 번 운동하기
- 규칙적인 생활하기
- 책 읽고 생각 정리하고 실천하기
- 전국의 서점과 미술관을 가보고 인상 깊었던 공간지도 만들기
- 전시 많이 보고 인상 깊은 작품과 작가의 기록 남기기

- 서울의 거리와 골목 (특히, 멀어서 자주 못 가본 연남동, 홍대, 종로, 을지로 등) 걷고 느낀 점들을 사진, 영상, 글로 정리하기
- 갭이어의 기록으로 독립출판

많아 보이지만 막상 카테고리별로 묶어 보니 별로 많지도 않고 서로 꼬리에 꼬리를 물고 자연스럽게 연결된다. 상상만으로도 에너지가 솟아나는 느낌이다.

그만둔다 생각하고 살아보기

매 순간마다 '내가 회사를 그만두고 쉬고 있다면' 하고 가정해 본다. 대부분의 시간은 희망적이고 지금보다 더 나아질 것 같지만 아무것도 하기 싫은 어느 주말, 늦잠을 자고 목적 없는 TV 채널 돌리기로 어영부영 시간을 죽이는 늘보가 되어 있을 때마다 스트레스를 받았다. 쉬면서 하루를 알차게 보내지 못하면 불안하고 죄책감에 시달릴 것 같았다. 쉬면서 괴롭지 않으려면 장치가 필요하다.

회사 다니면서 아침과 저녁 루틴을 만들었다. 하고 싶다는 일의 절반은 매일의 일상에서 반복되는 활동들이니 이것만 잘 유지해도 성공이라는 생각을 가질 수 있도록.

계획 세우고 1년 후 모습 상상해보기

안정적인 하루의 기초를 세웠으니, 요일별로 월 단위로 어떻게 하고 싶은 것들을 하나씩 진행해 나갈지 계획을 세워본다. '나란 사람은 정말 계획을 세우는 것을 좋아하는구나!' 새삼 깨달으며. to do list를 마냥 적다 보니 팍팍한 느낌이다. 팔딱거리는 에너지를 불어넣고 싶어 형식을 바꾸어보았다. 시점은 갭이어 이후의 나. 계획한 대로 갭이어를 보낸 내가 어떤 모습인지 상상해보며 글을 썼다. 이 글의 제목은 <상상은 현실이 된다>

좋았어! 이 정도면 프로젝트 준비가 차곡차곡 잘 되어가고 있는 것 같아. D-DAY는 2021년 3월 29일 내 생일이다.

루틴 만들기

갭이어 동안 하고 싶은 것을 적어보고 시뮬레이션해 보았을 때 나에게 필요한 건 루틴이었다. 아침과 저녁 루틴을 만들어 그 시간 안에 하고 싶은 것들을 구성하면 하고 싶다고 적은 일의 절반은 자연스럽게 성공할 수 있을 것 같았다. 루틴만 잘 유지해도 죄책감에 시달릴 것 같지는 않았다.

책 읽고 감정일기를 쓰는 리추얼을 하면서 인증을 위해 모은 나의 매일의 이미지가 쌓여가는 성취감을 경험했었다. '좋아요' 하트보다 오로지 내 만족감을 위해 인스타그램 피드를 아카이브 하는 경향이 있는데 이 두 가지를 연결해서 기분 좋은 강제성을 만들어보기로 했다. 비공개 루틴 계정을 만들어 만족감을 줄 수 있는 요소를 활용해 규칙적으로 루틴을 실천하도록 장치를 만든다. 예쁘고 규칙적인 피드를 만들기 위해서 억지로라도 실천할 수 있도록!

그동안 들어보고 싶었던 리추얼 프로그램들을 아침, 저녁으로 배치하여 나에게 맞는 루틴을 만들어보기로 한다. 모닝 페이지 쓰기, 아침 운동, 음악 듣고 글쓰기, 책 읽기, 일기 등 가장 실천하기 어려울 것 같은 아침운동을 유지하기 위해서 잠들기 전 베개 옆에 내가 좋아하는 컬러풀한 팬톤의 양말을 두고 잠들었다. 이것도 또 하나의 장치.

세 번째 터닝포인트. 다시 이직

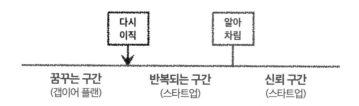

"밑미의 콘텐츠 에디터가 된다."

갭이어 프로젝트의 청사진 <상상은 현실이 된다>라는 글의 마지막
문장이다. 리추얼을 통해 오래도록 깊은 마음속에 묻어두었던 '하고
싶은 걸 하겠다'는 용기를 찾아냈고 스스로 부족한 부분을 채워나가면서
원하는 일에 도전하겠다며 갭이어를 결심했다. 그리고 갭이어 이후
목표로 밑미라는 브랜드를 설정해두었다. 얼마 전까지만 해도 나와
가치관이 맞는 회사가 과연 있을까 싶었는데 갭이어 이후의 나를
상상하다 보니 좋아하는 브랜드가 떠올랐다.

단순히 좋아하는 브랜드이기 때문만은 아니었다. 그동안 쌓인 '일하는 나' 데이터를 보면 나는 안정보다 성장이 중요한 사람이었다. 남이 시키는 대로가 아니라 내가 하고 싶은 대로 해야 직성이 풀리는 스타일이고. 내가 원하고 나에게 맞는 주도성의 정도를 표현해본다면 창업과 회사원 사이 어딘가였다. 아무리 생각해도 창업을 하거나 프리랜서로 나만의 고유한 아이덴티티를 살려 새로운 것을 만들어 내기엔 핵심이 되는 그 무엇이 없고 그렇다고 갖춰진 시스템 안에서 적당히 시키는 것만 하는 일은 더는 하고 싶지 않다. 그럼 이제 시작하는 초기 스타트업이 나에게 딱 맞지 않을까? 나와 가치관이 맞는 초기 스타트업에서 내가 창업한 회사라 여기며 빠져들어 일할 수 있는 조직에서 일하고 싶었고 그게 딱 '밑미'였다.

그럼 무슨 일을 하고 싶지? 갭이어 동안 하고 싶은 일을 다 적어보니 결국 내가 하고 싶은 건 지금 인력시장에서 이름 지어진 역할 중 '콘텐츠 에디터'에 가까웠다. 원 없이 책 읽고 돌아다니면서 글도 쓰고 영상도 만들어 보는 일. 하지만 지금은 그 능력이 부족해서 도전할 수 없다. 일 년 동안 하고 싶은 일을 하면서 자질을 키우면 가능하지 않을까. 열심히 칼을 갈다 보면 기회가 한 번쯤은 찾아오겠지? 하는 생각으로.

갭이어 이후 목표를 잡아두고 차근차근 지내던 어느 날

인스타그램에서 피드를 후루룩후루룩 넘기던 바쁜 손가락이 딱 멈췄다.

밑미에서 첫 번째 팀원을 찾습니다. 포지션 : 운영 담당자

'앗 운영 담당자라고? 내가 지금 당장 잘 해낼 수 있을 것 같고 자신 있게 잘할 수 있는 일인데!? 하지만 하고 싶은 일은 아닌데 이거 어쩐다.' 오랫동안 꿈꾸던 마케팅으로 커리어 전환을 하고서 하고 싶은 일과 잘하는 일에 대해 깊이 고민해왔다. 그동안 다양한 업무들을 수행해온 과정에서 좋아했던 일, 하기 싫었던 일도 정리해보고 결과를 객관적으로 보면서 잘하는 일과 상대적으로 만족스럽지 못했던 일도 정리해보았다. 하고 싶던 일은 창의적인 아이디어로 매력적인 콘텐츠를 만들어내는 일이지만 자신은 없었다. 오히려 펼쳐진 많은 일을 구조화하고 우선순위를 파악해 실행해 나가는 일에 자신 있고 이런 일을 했을 때 결과도 좋았었다. 나는 누군가 크리에이티브한 아이디어를 내놓으면 그걸 현실시키는 방법을 고민하고 실현하는데 더 적합한 사람이다.

바라는 일은 에디터지만 그건 부족한 내 능력이 개발된다는 조건이 수반될 때의 이야기이고 조금 막연하기도 했던 바람이다. 일단 오퍼레이터로서 내 역할을 잘 해낸다면 어쩌면 나중에 기회가 생길 수도 있지 않을까? 이제 시작한 스타트업이니까 기회는 많겠지? 회사를

학교처럼 내 경험의 폭을 넓히고 성장시키는 발판으로 삼으려다가
호되게 고생했기에 하고 싶은 일보다 잘하는 일이 우선되어야 한다고
결론 내렸다. 이상적인 비율은 '잘하는 일 : 하고 싶은 일이 7:3 정도'
된다면 좋겠다고 바랐다. 하고 싶은 일에 대한 희망은 가질 수 있되 내가
조직에 기여하고 있다는 성취감이 훨씬 커야 했다. 그 성취감이
사라졌을 때 얼마나 내가 위축되고 힘들었는지 직접 경험했기에.

  생각이 정리되기도 전에 얼마나 내가 운영 담당자로서 밑미에
기여할 수 있는지 열심히 지원서부터 쓰고 있었다. 나대는 심장을
부여잡고서.

  중요한 선택을 앞두면 자주 최악의 상황을 상상해보지만 밑미팀
합류를 고민할 때는 늘 내 발목을 잡던 무언가로부터 자유로웠다.
갭이어를 계획했었기에 월급이 확 줄어든다는 현실적인 고민으로
부터도 조금은 자유로울 수 있었고, 오히려 리추얼을 통해 몸과 마음의
건강만 잘 챙겨도 돈으로 환산할 수 없는 큰 걸 얻을 수 있다고
확신했다. 희망퇴직이 진행될 정도의 위기 과정을 경험한 터라 안정성에
대한 심리적 허들도 이미 많이 낮아진 상태이기도 했고.

어쩌면 갭이어를 미리 계획했기에 조금 더 쉽게 밑미에 합류할
마음을 먹었을지도. 그래서 밑미에서 리추얼을 하며 용기를 얻어
갭이어의 꿈을 품었던 그 시간부터가 이미 운명이지 않았을까 싶기도.
그렇게 나는 두 달 후 갭이어 D-Day였던 생일을 밑미홈에서 맞았다.

반복되는 구간

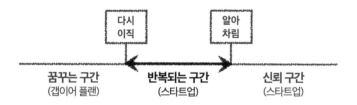

물 만난 물고기

일 대학, 학과, 회사, 직무 등 학업이나 커리어와 관련한 인생의
굵직한 나의 선택들은 지금껏 마음속 1순위에 미치지 못한
차선들이었다. 가만히 생각해 보면 '밑미'처럼 이게 아니면 안 된다며
간절히 원했던 게 있었나 싶기도 했다. 그래서인지 최종 합격했다는
소식을 들었을 때 표현하기 어려운 행복감과 설렘이 몰려왔다. 항상
내가 가지고 싶은 것보다 조금씩 모자란 것들에 만족했었는데 나에게도
이런 기회가 오는구나! 그렇게 인생 처음, 간절하게 원하는 무언가를
손에 넣은 기분.

그런 회사에서 일하게 되니 정말 잘 해내고 싶었다. 지원서를 쓸 때까지만 해도 존재를 몰랐던 밑미홈이라는 공간 오픈을 담당하게 되면서 모든게 술술 잘 풀리는 것만 같았다. 나름 자신도 있고 재미있게 했던 공간기획을 하게되다니. 부끄러운듯 손사래 쳤지만 사실 조금은 자신 있었다.

"요가 스튜디오는 쉽지 않을 것 같은데……."
"일단 오픈해서 반응을 한번 보면 어때요? 지금까지 해오며 보면 정말 오픈해놓고 보면 반응이 예상과 다른 경우가 많더라고요."
'흠, 그래도 요가 스튜디오는 아닌 것 같은데…….'

이렇게 내 생각과 다른 방향으로 일해야 하는 부분도 물론 있었다. 아직 대기업에서의 예산이 더 익숙해서, 예산을 듣고 깜짝 놀라기도 했다. 물성을 가진 공간을 만들어가는 과정에는 예상치 못한 난관과 걱정이 많았지만, 밑미의 찐 팬들을 초대해 밑미홈을 소개하는 이벤트를 상상하고 실행해 나가는 과정은 설렘과 행복의 시간이었다.

"밑미홈 오픈하기 전에 우리 찐 팬들을 초대해서 그들에게 공간을 제일 먼저 보여주면 어때요? 공간을 오픈하고 나면 열심히 홍보하고 이벤트도 해야 하는데 누구보다 우리를 잘 알고, 이 공간의 가치를 알아봐 주는 사람들의 목소리를 통해 소개하고 싶어요"

"와! 좋다. 이름은 '오픈하우스' 어때요? 그거 보리가 말한 대로
기획해서 진행해봐요. 우리!"

결국 공간을 채우는 요소 중 가장 중요한 건 사람. 그들이 모인
공간을 상상만 해도 뭐든 다 할 수 있을 것 같았고 생각만 해도 신이
났다. 내 아지트에 호스트가 된 마냥 신나게 일했다. 이전에 해왔던 대로
기획안을 정리하고, 타임라인을 체크하기 위한 간트 차트를 만들고
디데이를 향해 달렸다. 그동안 달리지 못해 한이 서린 사람처럼 미친
듯이. 밑미홈 론칭을 준비하면서 하드웨어의 한계에 부딪히고 걱정이
앞설 때마다 오픈하우스에서 함께 할 찐 팬들이 이곳에 있는 모습들을
상상하면서 방법을 찾았고 마음의 위안도 얻었다. 누군가가 좋아할
모습을 상상하며 그들이 공간에 불어넣은 온기는 마지막 마침표 같은
것이었다.

오픈하우스 당일, 마스크를 써서 눈밖에 안 보이는데도 줌에서
보았던 익숙한 얼굴이 떠올라 "혹시 OO님?" 하며 반갑게 인사하고,
이름을 체크하면서 "저 리추얼 같이 들었던 보리예요!" 하며 호들갑을
떨기도 했다. 식사를 위해 테이블에 삼삼오오 모여 어색하면 어쩌나
싶었는데, 서로 얼굴을 알아보며 허그하고 방방 거리며 인사하던

모습에서 뭔지 모를 뿌듯함이 들었다. 정말 집들이에 초대된 사람처럼 꽃이며 먹을거리며 두 손 무겁게 선물들을 사 들고 오신 분들이 너무 많았고 손 편지도 많이 받았다. 이렇게 사랑받는 브랜드에서 일한다는 건 너무나 감사한 일. 내가 확실히 그동안 간절히 원하던 회사에서 일하고 있구나! 실감 났던 순간이기도 했다.

오픈하우스라는 화려한 쇼타임이 끝나고 공식 오픈을 한 밑미홈에서의 첫날. 이 근처를 구경하는 사람들을 맞이하기에 준비가 안 된 사이니지, 밑미를 모르는 사람들이 왔을 때 이곳이 뭐 하는 곳인지 알기 어려운 부족한 안내, 상점이라기엔 좀 휑하고 어딘가 어설픈 디스플레이 등등. 처음으로 내 새끼를 키우듯 한 달 넘게 열심히 한다고 했는데, 애지중지 키워서 짠! 했는데, 막상 세상에 내놓고 보니 초라하다. 완성했다는 만족감의 콩깍지가 벗겨지고 현실을 직시하니 아직 부족한 것이 너무 많다. 오픈하면 친구들을 초대해 함께 밥도 먹고 공간 투어도 해드리고 하려 했는데, 이거 초대하기 좀 부끄러운데? 이제 막 100m 결승선에 도착해 헥헥거리며 숨을 고르려는데 알고 보니 400m 달리기였다는 그런 기분.

알 수 없는 헛헛함에 일기장을 뒤적거리다가 밑미홈을 한창 준비하던 때 내가 써놓은 문장이 눈에 들어왔다.

'내가 만드는 밑미홈은 처음부터 완벽하지 못하더라도 시간이 지나면서 하나씩 하나씩 개선되어 가는 게 보이는 살아있는 곳이었으면 좋겠다.'

정답은 이미 내 안에 있었다. 조금씩 꾸준히 개미처럼 계속 잘 가꾸며 계속 숨 쉬면서 변화하는 공간이 되도록 하자.

다시 한계

운영담당자라는 포지션에 지원했을 때 (운영이라는 단어 덕분에)
엄청나게 재미있는 일이 기다리고 있겠다 기대하지 않았다. 운영이라는
직무는 내가 하고 싶은 일에 가깝지는 않지만 잘할 수 있다고 판단해서
선택한 일이었으니까. 한편으로는 그래도 이제 시작하는 회사에서
열심히 일하다 보면 새로운 기회도 주어질 수 있지 않을까 하는 기대를
품었던 게 솔직한 마음이었다.

입사 후 석 달 정도가 지나고 각자의 업무와 역할을 논의하는 자리.
운영이라는 업무 옆에 쓰여있는 내 이름을 보는데 뭔가 마뜩잖고,
기대감보다 의무와 압박감이 몰려왔다. 이걸 또 언제 다하지? 무엇보다
부정적인 생각을 하고 있다는 사실이 나를 찝찝하게 했다. 내가 좋다고
한 선택인데 왜 부정적인 생각을 하는 거지? 불만족하는 진짜 이유가
뭐지? 입사 후 두 달 동안, 큰 그림이 정해진 상태에서 구체화하는
작업을 하면서, 자유도가 높은 일을 하고 싶다는 바람이 있었다.
기획부터 새로 시작하는 일. 당장은 아니더라도 다음에 기회가 있다면
좋겠다는 바람으로 의견을 이야기했다.

"저 지금 하는 일 외에 추가로 새로운 일을 해보고 싶어요. 정확히 지금 우리가 하는 업무 중에 이거다! 하는 건 없지만 나중에라도 새로운 프로젝트가 생기거나 하면 한 번 고려해주세요"

그리고 대화는 예상치 못한 방향으로 흘러갔다.

"저는 이왕이면 본인이 관심 있고 좋아하는 분야의 일을 하는 게 좋다고 생각해요. 보리는 어떤 것에 관심이 있어요?"

"음… 저는 일이나 커리어? 그 분야에서의 성장? 이런 것에 관심이 많은 편인 것 같아요."

"그럼 지금 나이님과 커리어 프로그램 개편에 대해서 최근에 이야기했었는데, 이거 보리가 리딩 해보실래요?"

그렇게 계획에 없던 커리어 프로그램을 기획하게 되었다. 해보고 싶다고 생각한 일을 할 수 있는 기회가 생기니 찝찝하고 우울했던 구름이 걷히는 듯했다. 과거에 진행한 프로그램도 리뷰하고 신규 프로그램도 세 가지로 타깃을 나누고 프로그램별 차별화 포인트를 찾아서 구조정리를 하는 단계까지는 무난하게 잘 진행되었다. 준비한 프로그램을 소개하는 웹페이지를 작성하면서 문득 입사한 지 두 달 만에 내가 하고 싶다고 생각했던 에디터의 역할까지 하고 있다는 걸 발견하고 또 너무 행복했다. 하지만 그렇게 나를 행복하게 했던 하고 싶었던 일이 날카로운 칼이 되어 돌아왔다. 주말 내내 시간을 들여 고민하고 또 고민하고 이리 붙였다가 저리 붙였다가 고생해서 작성했는데 스스로 만족할 만한 결과물이 나오지 않았고, 피드백 역시 처참했다.

그간 일하며 작성한 글들이 대부분 회사 내부자를 위한 보고서였기 때문일까. 고객용 글을 작성하고 받는 피드백이 늘 동일했다. "사무적이에요. 딱딱해요. 추상적이고 어려워요." 특히나 이전 회사에서 마케팅하면서 받았던 피드백과 동일한 피드백 "뾰족하지 않아요. 촘촘하지 않아요." 하는 말을 들을 때면 그때의 악몽이 되살아나면서 '난 이 방면은 재능이 없는 건가?'하며 움츠러들었다. 한계를 마주하는 것 자체가 힘들었다. 나름 열심히 노력하지만, 생각만큼 잘 안되어 더 위축되고 또다시 눈치를 보게 된다. 퇴근하는 지하철에서 혼자 감정일기를 적어보며 왜 모든 것이 만족스럽다 느끼면서 다시 걱정하게 되었는지 적어본다. 적다가 든 기시감.

'지금 이 생각 왜 익숙하지? 몇 달 전에 갭이어를 가져야겠다 결론 내렸던 때 했던 생각이랑 너무 똑같은데?'

네 번째 터닝포인트. 알아차림

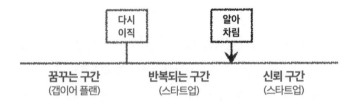

커리어 전환과 스타트업으로 이직했던 터닝포인트에 회피하는
마음이 있다고 의심해본 적은 없었다. 두 번 모두 3년 이상씩 버티며 매
순간 내가 할 수 있는 노력을 했다. 그런데도 해결되지 않는 문제를
마주했을 때, 내가 원하는 방향으로 나아가기 위해 필요한 선택을
했기에 도망쳤다기보다는 할 만큼 했다고 자신 있게 말할 수 있었다.
회사, 조직문화, 함께 일하는 사람들, 업무 특성과 같은 식의 핑계도
그때마다 있었고. 이런 문제들이 해결되면 된다는 믿음이 있었다. 내
문제가 아니라 환경이 나와 맞지 않았다.

하지만 하고 싶다던 마케팅을 하다가 밑미로 이직했던 세 번째 터닝포인트는 조금 달랐다. 과연 내가 할 수 있는 걸 다 해보았는지 스스로 물었을 때 자신 있게 그렇다고 말할 수 없었다. 그리고 지금, 마음에 들지 않는 조건들을 하나하나 제거해오면서 나랑 추구하는 바도 가치관도 잘 맞는다고 생각하며 간절히 원했던 회사에 왔는데도 여전히 같은 불만을 느끼고 있다면 이제 문제는 내 안에서 찾아야 했다. 더 이상 외부 환경에서 탓할 거리가 없어진 순간이 된 것.

일하는 환경이 아니라 하는 일 자체에서 느끼는 마음도 비슷했다. 잘하는 일과 하고 싶은 일의 비율을 스스로 판단하고 결정해서 시작한 일인데 왜 여전히 잘할 수 있는 일에서는 만족감을 느끼지 못하며 자꾸 하고 싶은 일에 미련을 갖는가. 게다가 하고 싶은 일을 하게 되면 서툰 모습에 괴로워하고 눈치를 보느라 자신 있게 나아가지도 못했다. 이 문제를 해결하는 방법은 두 가지. 잘하는 일에서 만족감을 느끼거나 하고 싶은 일을 잘하게 만드는 것. 전자는 몇 번의 시도로 이미 나에게 적용될 수 없는 해결책이라는 걸 깨달았다. 노력으로 되지 않는 일이다. 그동안 아무리 현재에 만족하며 내가 좋아하는 건 취미로 해보려고 했어도 절대 안 되었다. 그럼 답은 나왔다. 하고 싶은 일을 잘하게 만들어야겠네. 여기까지 생각이 흘러왔을 때 머릿속에서 반짝했다.

'한계를 마주하는 게 힘들고 눈치 보느라 에너지를 다 써버려서 정작 능력을 키워야 하는 그 과정을 제대로 못 했었구나. 어쩌면 당당히 회피가 아니었다고 말한 두 번의 터닝포인트에도 일정 부분 도망의 마음도 있었을지 모르겠다. 하고 싶은 일을 해내려고 노력하기보다 과연 내가 잘 할 수 있을까에 대해 계속 의심하고 외부 환경에서 핑곗거리를 찾으며 도망쳤던 거였구나!'

알아차림은 한순간이었다. 일 년 전의 회피 이후 이제 완벽하게 나에게 맞는 환경을 찾았다고 확신했던 회사에서 동일한 문제를 마주했을 때 의심을 버리고 회피하지 않기로 마음먹었다. 내가 바뀌어야만 한다. 지금 가장 큰 문제가 무엇인가. 나를 가장 압박하는 건 무엇인가. 완벽하게 잘 해내고 인정받고 싶다는 마음. 그 마음 때문에 힘들어도 내색하지 않고 이를 악물고 버티고 있다. 부족한 점들을 들키지 않으려 꼭꼭 숨기고 인내의 아이콘처럼 참고 참고 또 참았다. 여기서부터가 내가 해결해야 할 포인트겠구나. 솔직하게 있는 그대로 나를 오픈해야겠다.

신뢰 구간

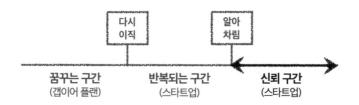

취약성을 드러내기

인정을 받는 건 모두가 다 좋아하겠지만 특히나 나는 일에서 인정욕이 강한 사람이다. 가끔은 인정과 칭찬을 연료 삼아 자신까지 불태워 버릴 정도로 인정받은 그 순간의 카타르시스를 위해 자신을 채찍질한다. 동시에 나의 무능과 부족으로 걸림돌이 된다는 느낌은 도저히 견딜 수가 없다. 그래서인지 내 약점이 드러날 것 같으면 매번 피하고 도망쳐 왔다. IR 업무를 하면서도 '영어가 유창하지 않으니 이 업무담당자로서 한계가 있을 거야' 하며 다른 업무를 찾았고,

공간기획을 하면서도 '감각적이지도 않고 창의성도 부족해서 이 일은 안
맞는 것 같아' 하며 마케팅을 해보자 했다. 부족한 점을 들킬까 봐 두려워
계속 숨을 곳을 찾으러 다녔는지도 모르겠다. 기어코 막다른 골목에
다다른 듯했다.

　　다행히도 지금 내가 소속된 조직은 '제발 너의 취약성을 드러내라'고
말하는 회사다.

　　"사람이 모든 일을 다 잘할 수 있는 게 아니니 약한 부분이 있으면
　　이야기해주세요."

　　"실수해도 괜찮으니 감추려 하지 말고 오픈해요."

　　"한계에 부딪히면 도움을 요청하세요."

　　그런데도 나의 부족한 부분을 먼저 꺼낸다는 건 쉬운 일이 아니었다.
못하겠다고 말하는 건 왠지 지는 것 같았다. 도대체 내가 싸우고 있는
실체는 무엇이었을까. 단점과 약점은 최대한 감추로 완벽한 사람이 되고
싶었다. 일도 잘하고 성격도 좋은. 실제는 그렇지 않은데 그렇게 보이고
싶으니 힘들 수밖에.

　　모두에게 좋은 구성원이 되고 싶어 '열심'이라는 단어로 표현하기
부족할 정도로 내 시간과 에너지를 모두 쏟아 일하고 또 했다. 인정받고

싶어서 부족한 능력은 감추고 괜찮은 척하고 있었다. 이왕 하는 거 힘든 내색 하지 않고 내가 맡은 건 다 잘 해내고 싶었다. 대신 자신 없는 일은 다른 사람이 알아서 하겠거니 하며 눈감았다. 내가 눈감아버리는 부분이 아쉬웠던 팀원들은 나에게 그 부분을 지적했고 한계치에 다다른 나는 열심히 하고도 부정적인 피드백을 받았다는 억울함과 나에게 더!를 요구했다는 사실이 서러워서 폭발했다. 너무 힘들다고 더는 못 하겠다고 지금도 이미 한계치를 넘어섰는데 어떻게 더 요구할 수 있냐고. 이보다 더 잘 해낼 자신이 없다고. 그냥 다 내려놓으려 했다.

　　"그렇게 힘든지 몰랐어요. 웃으면서 너무 알아서 잘하고 있으니까
　　할만한 줄 알았어요."

　　내색하지 않으니 당연하게도 다들 전혀 눈치도 못 채고 있었다. 함께 일한 지 3~4개월이 지나도 이상하게 거리감이 느껴졌었는데 처음에는 서로가 알아가는 데 시간이 필요하겠거니 했었다. 시간이 지나도 그 거리감이 좀처럼 가까워지지 않는 이유는 나에게 있었다. 좋은 모습만 보여주고 싶다며 솔직한 마음을 오픈하지 않았기 때문이었다. 모두에게 사랑받는 사람 같은 건 사실 좋은 게 아닌데 말이지.

　　못하겠다며 한계를 인정해버리고 나니 속이 다 시원했다. 패배감이

아니었다. 이 경험을 시작으로 하나씩 하나씩 취약점을 드러내기
시작했다.

"혼자 다 하기 버거워요. 도와주세요."

"기존에 하던 것들이 자리 잡기 전에 자꾸 새로운 아이디어가 나오면
'언제 그걸 다하지?' 하는 걱정부터 들어요. 하나씩 차근차근했으면
좋겠어요."

"저는 꼼꼼히 챙기는 스타일이라 일을 할 때 시간이 좀 걸리는
편이에요. 기다려 주세요."

한계를 인정하기 시작하면서 관계도 더 편해졌다. 신기한 건 남에게
엄격한 잣대를 들이대던 내가 다른 사람의 약점을 인정하고 받아들이게
되었다는 것이다. 일하는 관계에서 나는 온 힘을 다해 내가 맡은 걸 다
해내려 버티는데, 누군가 못하겠다고 말하는 게 무책임하다고 여겼다.
다른 사람의 취약성을 받아주지 못하니 내 취약성도 오픈하지 못할
수밖에. 닭이 먼저인지 달걀이 먼저인지 모르겠지만 여하튼 도움을
요청하기 시작하니 다른 누군가가 도움을 요청했을 때 진심으로
도와주고 싶어졌다. 내가 힘이 될 수 있다는 사실이 감사해지며.

새롭게 시작한 지 얼마 되지 않아 다시 포기할까를 고민했을 때는
정말 참담했다. 죽을힘을 다하고 있는데도 모두가 만족스럽지 않다면
그렇게까지 애를 쓰면서 버틸 이유가 없을 것 같았다. 나의 부족을

드러내는 게 겁이 났는데 바닥을 온전히 드러내고 나니 마음이
편해졌다.

　그러다 문득, 드러낸 나의 한계에 공통점이 있다는 걸 알게 되었다.
바로 시간이 부족하다고 느끼는 것. 물리적으로 투입하고 있는 시간이
절대 적다고 할 수 없는데 그렇다면 일하는 시간을 과연 효율적으로 잘
쓰고 있는 걸까. 의문이 들기 시작했다.

타임로그가 불러온 변화

"시간을 잘 쓰려면 우선 내가 어떻게 시간을 쓰는지 발견하는 것에서부터 시작해야 해요. 그래서 저는 타임로그를 작성하며 제가 시간을 어떻게 보내는지 지금도 꾸준히 관찰합니다."

시간관리에 관련한 영상을 보다가 타임로그를 써보기로 했다. 최근 들어 부쩍 alt와 tap 위에 손가락을 올려놓고 갈팡질팡하며 흘려보내는 시간이 많은 것 같았다. 몇 시에 시작한 일을 몇 시까지 했는지 적으려면 한 가지 업무를 끝낼 때까지 그 업무에 집중할 수 있지 않을까 싶었다. 업무별로 시작 시각과 마친 시각을 적으며 한순간에 하나의 업무씩에만 집중했다.

타임로그를 쓴 지 하루 만에 발견한 사실은 메신저 알람이 집중력을 방해하는 요소라는 것. 급하게 요청받은 것도 아닌데 알람이 오면 그 일부터 빨리 해결해야만 할 것 같은 압박을 느꼈다. 하던 일을 멈추고 그 일을 해결하고 다시 돌아와 원래 하던 일을 다시 하려니 흐름이 끊기곤

했다. 즉각적인 답변이 필요한 내용이 아니면 알람 확인은 하던 업무가 끝난 뒤 한 번에 확인했다. 15분에서 30분 단위로 업무가 진행되니 최소한 시간에 두 번 정도 메신저를 확인한다 해도 큰일이 나지 않았다.

해야 할 업무 중에서 우선순위를 정해서 하나씩 업무를 수행했다. 하루의 타임로그를 보니 어느 업무에 얼마나 시간을 들이고 있는지 객관적으로 파악할 수 있었다. '뭘 했다고 하루가 벌써 지나갔나' 싶은 아쉬움 대신 '오늘도 많은 일을 했네, 고생했다.'는 뿌듯함을 느끼며 하루하루에 충실할 수 있었다.

어느 날, 몇 주간 꾸준히 남긴 타임로그를 보며 중요한 사실을 한 가지 발견했다. 시급하지 않지만 중요한 일, 고민과 생각이 필요한 업무들을 계속 미루고 있더라는 것이었다. 매일 아침 급한 일부터 먼저 끝내고 난 뒤 집중해서 중요한 일을 하겠다며 이것저것을 하다 보면 그 일은 다시 내일 할 일이 되곤 했다. 비슷한 고민을 하던 동료에게 TED 강연을 추천받았고 '덩어리 시간을 확보하라'는 메시지에 공감하게 되었다. '시간이 나면 해야지' 하며 미루지 말고 가장 집중이 잘되는 시간에 덩어리 시간을 확보해놓고 꼭 해야 하는 일과 중요한 일을 먼저 하라는 것이었다.

집중력이 가장 좋은 10시부터 점심 먹기 전까지 2시간 동안은 급한 일도 일단 제쳐두고 장기적인 관점에서 가장 중요한 일을 하기 시작했다. 서너 시간은 족히 걸릴 것 같다고 예상하며 머리를 무겁게 만들던 일들은 막상 해보면 한두 시간 안에 해결되는 경우가 많았다. 시작하기만 하면 생각보다 금방 마무리되는 일들이 대부분이었다.

중요한 일들을 먼저 끝내고 일하는 하루는 시작부터 성취감에 기분도 좋았다. '오늘은 이 일을 해결한 것만으로도 뿌듯하네.' 일의 순서가 바뀌었을 뿐인데 결과가 완전히 달라졌다. 머리를 무겁게 짓누르던 일을 가장 먼저 해결하니 기분도 좋아지고 퍼포먼스도 좋아졌다. 많은 일을 하고도 매번 찜찜했던 날들과 달리 자신감도 자존감도 올라갔다. 그렇게 타임로그는 좋은 예시가 되어 일상에 변화를 불러일으켰다.

타임로그를 쓰면서 시간 관리를 못 하는 이유를 알게 되었고, 그렇게 내 일상에 접목하며 변화를 만들어 냈다. 그렇게 나도 시간관리를 잘하는 사람이 될 수 있는 거구나! 하는 달콤한 성공의 경험을 맛보게 되었다. 작은 성공의 경험은 '하면 된다'는 믿음으로 이어지고 하나둘 나의 잘못된 습관과 사고를 바꾸게 만들어 주었다.

첨부. 타임로그 예시 이미지

11/22	Acutual	11/23	Acutual	11/24	Acutual	11/25	Acutual	11/26	Acutual
7:00		7:00		7:00		7:00		7:00	
7:30		7:30		7:30		7:30		7:30	
8:00		8:00		8:00		8:00		8:00	
8:30		8:30		8:30		8:30		8:30	
9:00		9:00		9:00		9:00		9:00	
9:30		9:30		9:30		9:30		9:30	
10:00		10:00		10:00		10:00		10:00	
10:30		10:30		10:30		10:30		10:30	
11:00		11:00		11:00		11:00		11:00	
11:30		11:30		11:30		11:30		11:30	
12:00		12:00		12:00		12:00		12:00	
12:30		12:30		12:30		12:30		12:30	
13:00		13:00		13:00		13:00		13:00	
13:30		13:30		13:30		13:30		13:30	
14:00		14:00		14:00		14:00		14:00	
14:30		14:30		14:30		14:30		14:30	
15:00		15:00		15:00		15:00		15:00	
15:30		15:30		15:30		15:30		15:30	
16:00		16:00		16:00		16:00		16:00	
16:30		16:30		16:30		16:30		16:30	
17:00		17:00		17:00		17:00		17:00	
17:30		17:30		17:30		17:30		17:30	
18:00		18:00		18:00		18:00		18:00	
18:30		18:30		18:30		18:30		18:30	
19:00		19:00		19:00		19:00		19:00	
19:30		19:30		19:30		19:30		19:30	
20:00		20:00		20:00		20:00		20:00	
20:30		20:30		20:30		20:30		20:30	
21:00		21:00		21:00		21:00		21:00	
21:30		21:30		21:30		21:30		21:30	
22:00		22:00		22:00		22:00		22:00	

30분 단위로 업무를 적고 업무 종류별로 색을 구분하면 일주일 동안 업무별로 어디에 시간을 많이 썼는지 한눈에 알 수 있다.

완벽주의 버리기

"보리도 완벽주의 성향이 강한 것 같아요."

"저는 전혀 완벽주의자가 아니에요. 뭐든 완벽하게 해내는 것과는 거리가 멀거든요. 항상 계획만 잔뜩 세우다가 결국 흐지부지 끝나고 말아요."

듣고 있던 이들이 동시에 소리친다.

"그게 완벽주의에요!"

"아?!"

완벽주의자라는 타이틀을 부여하는데도 자격 미달이라 여기던 내가 완벽주의자라는 걸 최근에 와서야 알게 되었다. 무엇이든 '이 정도는 되어야지'라며 높은 기준을 세웠고, 막상 나는 그런 평가가 두려워 포기하고 도망가 버리는 경우가 많았다. 생각만 하고 실천하지 않으니 게으른 사람이었고 엄격한 잣대를 들이대니 늘 능력이 부족한 사람이었다. 나에게 재능이 있는 걸까 하며 의심했던 것도 노력하기보다 회피했던 것도 모두 이 완벽주의 때문이었다. 가장 큰 문제는 나에게 이런 문제가 있다는 걸 모르고 있었다는 것이었다.

　뒤늦게서야 내가 완벽주의자라는 걸 알고서 완벽주의자에게 내려진 처방을 살펴보았다. 최종 목표지점까지 가는 과정을 잘게 쪼개어 접근하기 쉬운 작은 목표를 만들어라. 결과보다 과정에 큰 의의를 두고 과정을 즐겨라. 결과만 보고 내리는 타인의 평가보다 과정을 돌아보며 스스로 만족할 수 있는지 판단하라. 겸손이라는 이름으로 자학하지 말라. 다음 기회가 있음을 기약하라. 지레 겁먹고 포기하지 말라. 문득 이 모든 조언이 매달 리추얼을 시작하는 메이트들에게 내가 자주 전하는 메시지라는 걸 깨달았다. '작은 목표를 만들어요. 정답은 없으니 나에게 편하고 좋은 방법으로 하세요. 한 줄도 괜찮아요. 이틀 한 것도 충분히 잘했어요. 하루쯤 쉬어가도 괜찮아요. 내일 다시 시작하면 되어요.'

　깨달음은 바로 옮겨간다. 리추얼을 통해 일상에서의 강박을 조금씩 내려놓은 것처럼 일에서의 완벽주의도 조금씩 내려놓아야겠구나! 완벽한 결과물을 가기까지 5단계가 필요하다면 이번에는 일단 1단계까지만 하고, 다음에 한 단계씩 더 추가하자. 완벽하게 못 하겠다고 계속 미루지 말고 지금 할 수 있는 만큼만 일단 해보자. 하는 데까지만 해보자. 그렇게 뭐든 일단 시작하고 나면 신기하게도 생각보다 많은 시간이 들지 않고 어느 정도 제법 그럴싸하게 되어가는 경우가 많았다.

그렇게 조금씩 더 고쳐나가다 보면 내가 생각하는 완벽에 가까워질 때도 있었고. 무엇보다 이런 작은 경험들이 생기고 나니 뭐든 하면 되지 않을까 하는 자신감이 생겼다.

일을 잘하는 사람들과 함께 일하면서 새로운 사실도 알게 되었다. 지금 하는 업무에서는 완벽보다 완결을 중요하게 생각한다는 것. 빨리 해치워 버리려고 대충 마무리 지으려 할 때마다 '이렇게 해보면 어때요?'라는 제안에 부끄러워졌다. 실제로 그렇게 한 번 더 다듬는 과정의 여부가 차이를 만들어냈다. 진짜 완벽주의를 발휘해야 하는 순간은 다 되었다고 생각한 마지막 순간이구나. 완벽주의를 발휘해야 하는 순간을 잘 활용하면 게으른 완벽주의자가 아니라 유쾌한 일잘러가 될 수 있을 것 같아. 가볍게 시작하고 끝났다 싶은 순간에 집요해지자. 그러다 보면 조금씩 나아지겠지. 그렇게 조금씩 성장한다는 거 자체가 의미 있는 거 아니겠어?

있는 그대로의 나를 받아들이기

#팀에서 진행한 MBTI 결과를 받아본 날

'INTP군. 좋아, 마음에 들어.'

처음 결과지를 받아 들고는 만족스러워했지만, 며칠 후 해석 상담을 들으며 이번 결과는 나의 바람이 투영된 결과일 뿐이라는 걸 깨달았다. 결과를 확인했을 때의 만족감은 질문으로 바뀌었다.

'왜 희망 사항을 적었을까?'

언제부터인가 마음에 안 드는 나의 모습을 바꾸려 부단히 애써왔다. 게으름 피우지 않고 부지런하려 노력하고 생각만 하지 않고 실천하려고 노력했다. 노력하고 노력하고 죽자고 노력하다 보면 이전보다 점점 나아지는 것 같고 내가 바라는 모습에 가까이 다가가는 것 같았다. 그렇게 계속 마음에 들지 않는 모습을 고치려 부단히 애썼다. 말을 많이 하면 실수가 많은 것 같아 부러 말을 하지 않고, 감정에 휘둘리는 내가 싫어 쿨한 척 보이려 안간힘을 썼다. 스타트업으로 이직한 후에는 빠른 속도에 맞춰가기 위해 돌다리를 두드리며 고민하기보다 일단 시도하고 결과를 보며 개선해 나가도록 나를 바꿔야 한다는 생각에 계획적인 성향을 바꾸고 직관력을 키우기 위해 노력했다. (대학생 때 ESFJ였던 걸로 기억하는데 바람이 INTP인 걸 보면 나를 다 바꿔버리고 싶었나 보다.)

꽤 오랜 기간 이렇게 지내다 보니 환경의 변화와 맞물려 실제 성격이 많이 바뀌었다(고 생각했다). 하지만 타고난 기질을 받아들이지 못하고 자신을 너무 괴롭히고 있는 건 아닌지 혼란스러워졌다. 어디까지 받아들이고 어디서부터 개선하는 게 맞는 걸까 고민을 품고 지내던 어느 날, 완벽주의 버리기 워크숍에서 팀원들과 보드게임을 하게 되었다. 내 단점이 적힌 5장의 카드를 골랐다.

결정하는 데 시간이 오래 걸려요.
체계적이지 않은 걸 못 참아요.
재미나 유머 감각이 없어요.
상상력이 부족해요.
지나치게 일 중심적이에요.

내가 고른 카드의 뒷면에는 또 다른 문장이 쓰여있었다.

결정하는 데 시간이 오래 걸려요. → 깊이 생각하고 행동해요.

체계적이지 않은 걸 못 참아요. → 정리 정돈을 잘해요.

재미나 유머 감각이 없어요. → 늘 차분해요.

상상력이 부족해요. → 분석적으로 생각해요.

지나치게 일 중심적이에요. → 철저하게 일을 해요.

장점이 곧 단점, 단점이 곧 장점인데 나를 정말 못나게만 보고 있었구나. 부족한 점에만 돋보기를 놓고 보면서. 나에게 미안해지는 순간이었다. 남들의 장점을 부러워하며 그걸 목표로 애쓰려니 힘들었구나. 같은 맥락에서 하고 싶은 일과 잘하는 일의 교집합을 찾는 게 왜 힘들었는지 힌트도 발견할 수 있었다. 잘하는 일에서 의미를 찾지 못하고 자꾸 남이 들고 있는 떡이 커 보여 힐끔거렸다. 하고 싶었던 일이 잘하는 일이 되면 '알고 보니 이건 진짜 내가 하고 싶은 일이 아니었네' 하며 밀어내 버렸던 건 아닐까? 내가 잘하는 건 남들도 쉽게 할 수 있을 것만 같고 그래서 경쟁력이나 전문성이 내게는 없는 것 같았다. 가보지 않은 미지의 세계와 거기서 능력 있는 사람을 늘 동경했다. 마케팅도 그중 하나. 오래 치열하게 일하며 능력을 키워온 사람들의 노력은 들여다보지 않고 결과만 부러워하며 잘 해내고 싶다 욕심부리니 성에 차지 않고 마음이 힘들었다.

단점에 가려진 장점을 드디어 제대로 인지하게 되면서 그동안 키우고 계발해온 반짝이는 재능의 진가를 스스로 알아보고 감사할 수 있게 되었다. 현재의 나를 인정하고 받아들이니 조직에서 역할도 객관적으로 보였다. 생김새만큼이나 다양한 사람들과 합을 맞춰가며 누군가의 부족한 부분을 내가 채우고 있다는 걸 깨달았고 그런 역할을 할 수 있다는 게 감사하고 위안이 되었다. 늘 마뜩잖던 지금 하는 일이 의미 있게 느껴졌다. 나와 회사가 나아가려는 방향이 같으니 열심히 일하는 것만으로도 원하는 가치를 세상에 실현하는데 역할을 하고 있다는 생각에 늘 부족하다 여겨지던 텅 빈 마음이 차오르는 듯했다.

그렇게 늘 현재에 만족하지 못하고 어딘가 저 멀리 반짝거리는 것들에 두리번거리며 좋은 게 없나 외부로 향하던 시선이 딱 멈췄다. 이제야 내 안에서도 반짝거리는 무언가가 있다는 걸 알게 되었다. 있는 그대로의 나를 사랑스럽게 바라보게 된 시작점이었다. 나는 멈추지 않고 한 걸음 한 걸음 개미처럼 나아가며 느리긴 하지만 결국 원하는 건 해내고야 마는 그런 (멋진) 사람이다. 내 속도에 맞게 내가 잘하는 걸, 내가 필요한 곳에서 잘 해내면 되는 거 아닌가. 그거면 된다. 그래서 지금도 충분하다.

그래프 확장

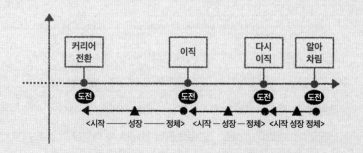

시간의 축적으로 그려온 그래프에서 반복되고 있는 유의미한 패턴을
발견할 수 있었다. 선의 시작과 끝은 도전이라는 터닝 포인트로
구분된다든지, '시작- 성장 - 정체 - 도전'의 패턴이 반복된다든지,
점점 짧아지는 터닝 포인트 주기라든지 하는 것들.

회고와 계획이 발견하게 해 준 패턴

되돌아보면 나는 회고를 많이 하는 사람이었다. 이 글을 쓰면서도 생각했고 알아차렸고 깨달았다는 단어를 참 많이도 썼다. 팀원들에게 회고 요정이라는 닉네임도 얻었고. 일기와 글쓰기가 나를 객관적으로 바라볼 수 있게 도와주었기에 기록하는 습관은 다양한 형태로 파생되었다. 일(커리어)회고, 월회고, 연말 인터뷰 등 과거를 곱씹어보는 습관은 나의 인생 그래프를 다양한 기준으로 되돌아보게 했다. 시간이 축적되면서 그려온 그래프에서 반복되고 있는 유의미한 패턴 몇 가지를 발견할 수 있었다.

선의 시작과 끝은 도전이라는 터닝 포인트로 구분

'도전과 새로운 시작 - 성장 - 정체 - 새로운 걸 찾고 다시 도전'이라는 패턴이 반복되고 있었고 선의 시작과 끝이 교차하는 시점에 항상 일을 바꾸거나 환경을 바꾸는 중요한 포인트가 존재했다.

이 패턴과 연결된 감정과 생각을 되돌아본다. 새로운 분야를 알아가고 배워가는 과정을 즐긴다. 지식과 스킬을 연마하는 것 자체에서 성장하고 있다는 만족감과 성장하며 팀과 조직에 기여하고 있다는 성취감을 느낀다. 하지만 어느 정도 그 업무가 익숙해져 갈 때쯤이면 흥미가 떨어지고 소모되고 있다고 느낀다. 해보고 싶다고 생각했던 것 중 아직 경험해보지 못한 것을 찾으며 자연스럽게 다시 새로운 일을 찾는다. 이게 십 년이 넘는 시간, 짧지 않은 기간 동안 일해오며 알게 된 나의 패턴이었다.

점점 짧아지는 터닝 포인트 주기

사회생활을 하기 전까지의 25년, 주어진 일을 하며 기본기를 익혔던 7년, 하고 싶은 일에 가까워지기 위해 커리어 전환을 하며 처음으로 만족스럽게 일한 4년, 그리고 대기업에서 스타트업으로 원하는 마케팅이라는 업무를 해본 1년. 터닝포인트가 찾아오는 주기는 점점 짧아졌다. 도전해보는 건 의미 있는 일이지만 무조건 변화만을 추구하는 건 올바른 방향은 아닌 듯하다. 나에게 맞는 변화의 주기를 찾아볼 것.

도전 뒤에 늘 따라오던 회피

도전의 주기가 짧아지면서 원하는 것을 선택하고 시작한 지 얼마 되지 않아 곧 만족스럽지 못한 끝을 맞닥뜨리는 것 같았다. 처음으로 이 선택에 무언가 잘못되었거나 변수가 있을 수 있다는 의심을 하게 되었고, 나에게 맞지 않는 것을 제거할 것이 없어지고서야 '도전' 뒤에 꼭꼭 숨어있던 '회피'의 존재를 알 수 있었다. 그렇게나 오래 바라던 주도적인 환경에서 원하는 일을 할 수 있게 되었는데 막상 손에 쥐고 나니 어떻게 그 환경을 활용해 일을 잘할 수 있는지 그 방법을 잘 몰랐다. 스스로 학습하고 개발하고 극복해야 하는 시간을 충분히 갖지 못하고 외부에서만 답을 찾으려 했다. 심지어 최근에는 있는 그대로의 나를 받아들이지 못하는 게 아닐까? 하며 또다시 의심하고 회피하려는 본능의 꿈틀거림을 깨달을 수 있었다. 힘들 때면 찾아오는 회피를 조심할 것. 내 패턴을 알게 되니 언제 무엇을 조심해야 할지도 자연스럽게 알게 된다.

원하는 것에 가까워지는 방향

원하는 것이 뚜렷하지는 않았지만, 원하지 않는 것은 늘 확실히 알 수 있었다. 그것을 제거하는 방법으로 변화를 시도했다. 변화를 온몸으로 마주하면서 감정이 왔다 갔다 했지만, 다행히도 그래프가 향하는 방향은 우상향이었다. 추구하는 것과 긍정적인 감정의 교집합의 방향. 이제부터는 이 방향으로 나아가는 나에게 맞는 방법을 찾는 게 숙제이려나?

지나간 시간을 숙성 시켜 쓰는 글만이 쓸모 있다고 생각했던 적이 있었다. 하지만 오히려 고민에 시원한 해답을 주는 글은 과거 시점의 글을 쓸 때가 아니었다. 머릿속에 물음표가 생기는 순간이면 어지럽게 떠다니는 무형의 생각들을 문자로 적어보며 시각화한다. 생각이 좀처럼 정리되지 않을 때, 마음이 불편할 때. 이럴까 저럴까 뭘 선택해야 할지 고민될 때. 현재를 정리하는 기록이 빛을 발하는 순간들이다. 생각을 종이 위로 꺼내어 눈으로 확인하면 고민의 크기, 인과관계를 객관적으로 볼 수 있게 되면서 문제의 본질에 가까이 다가갈 수 있다.

마음에 불편함이 있지만, 이유가 무언지 잘 모르겠을 때는 일단 떠오르는 것들을 모두 적어보고 상황과 감정과 생각들을 분리한다. 불편함의 진짜 원인이 무언지 당장 보일 수도 있고, 나중에 비슷한 상황이 생겼을 때 그때 손으로 적으며 저장된 기억이 상기 시켜 연결 지어 줄 수도 있다. 둘 중에 뭘 선택할지 고민이 될 때는 종이를 반으로 접어 각각의 장단점을 정리해보는 생각 대차대조표를 작성한다. 어느 한쪽으로 기울어지면 그걸 선택했을 때 어떨 것 같은지 시뮬레이션해본다. 이렇게 현재의 기록은 자연스럽게 미래와 연결된다.

막연하게 생각하는 것과 달리 전개될 상황과 흐름을 적어보고 눈으로
확인하면 그 순간을 맞닥뜨리게 되었을 때 내가 의도한 방향에 맞게
흘러가고 있는지 판단할 수 있다. 내가 갭이어를 결정하고 계획을
세웠을 때 그랬던 것처럼. 사는 대로 생각하는 게 아니라 생각하는 대로
살 수 있다. 시뮬레이션과 계획은 삶을 주도적으로 살 수 있게 도와준다.

    회고를 통해 나에 대한 패턴을 알게 되니 선택의 순간 무엇이 나에게
잘 맞을지 판단하는 데 큰 도움이 된다. 시뮬레이션의 정확도가
높아지는 느낌. 아마도 내가 과거에 한 행동과 결과를 근거를 바탕으로
무언가를 결정하는 가설의 근거가 되었기 때문일 거다. 그야말로 회고와
계획의 시너지가 아닐지.

    회피하는 평행이론을 발견했을 때 좌절했지만, 늘 회고하고 계획해
나가는 또 다른 평행이론이 있었기에 해결할 수 있을 거라 확신했다.
그래서 오히려 반가웠는지도 모른다. 이제 해결하는 일만 남았으니까.
인생이라는 건 끊임없이 나에 대한 가설을 세우고 그를 검증해 나가는
과정이 아닐까. 그 방법으로 회고와 계획은 최고의 방법이라 생각한다.

3부

의지하며 그려나가는 그래프

회고와 계획을 통해 나를 객관적으로 바라보고 패턴을 알아차릴 수 있었다. 가설을 세우고 도전해 보며 그 답이 맞았는지 확인해보는 과정이 나를 알아가고 앞으로 잘 살 수 있는 최고의 방법이라 생각했다. 하지만 과거의 나를 통해 얻는 힌트로는 발견하기 어려운 것들이 있었다. 경험이 없어서 알지 못한 나의 미지의 영역, 혹은 나는 알지만 남을 잘 몰라서 생기는 '남과 다른 나'에 대한 정보 같은 것들.

원하는 방향을 정하고 그쪽으로 나아가기 위해 어떻게 살아야 할지 고민할 때 도움이 되었던 것들이 있다. 어른들의 지혜가 담긴 책, 필요한 순간 다가오는 용기의 한마디, 내가 발견하지 못한 나를 알아차리게 하는 질문 등. 하나하나 거슬러 올라가 보면 모두 소중한 사람들로부터 파생된 것이었다. 내가 미처 발견하지 못한 나의 조각들을 주워주고 한 걸음 내디뎌 볼 수 있게 나아갈 길을 밝혀주는 건 지금 이 순간을 함께하는 사람들이었다.

나이가 들수록 마음에 맞는 친구를 사귀기 힘들다 하지만 내가 바라는 환경에 가깝게 와보니 오히려 생각과 취향이 비슷하고 마음이 잘 맞는 사람을 많이 만날 수 있었다. 3부는 '밑미'라는 회사에서 1년간 함께한 이들과의 이야기. 그들과 함께하며 위로받고 마음도 편해졌고 나와 비슷한 고민을 하는 사람을 보며 거울을 보듯 내가 몰랐던 나의 모습을 그들에게서 발견하기도 했다. 바라보는 방향이 비슷하고 삶을 대하는 태도가 건강한 사람들과 함께 할 수 있는 건 축복이다.

동료, 껍데기를 깨고 나올 수 있게 도와주고 싶어요.

#일회용 타투 메시지를 위한 요청사항,

당신의 좌우명을 남겨주세요.

인생은 저지르는 자의 것이다 - 김은지

우아하게 살자 - 손하빈

밑미를 만든 두 사람이 자주 하는 말과 일상을 대하는 태도가 이 문장과 쏙 닮아있었다. 안된다고 걱정하기보다, 머리 싸매고 스트레스받기보다 어떻게든 방법은 찾을 수 있다며 대담하게 시도하고 가벼운 발걸음으로 사뿐, 우아하게 일했다. 시작하기 전부터 지레 겁을 먹고 걱정만 하다가 결국 아무것도 하지 못하는 나와 다른 그들이 대단해 보였다. "이렇게 해보면 금방 할 것 같은데요?" 회의가 끝나면 바로 자료를 정리하고, 제안서도 뚝딱 써내고, 콜드콜도 그들에겐 어렵지 않아 보였다. 내가 안 되는 이유를 찾는 동안 "그거 제가 할게요!" 하며 모든 건 그냥 하면 되는 거라고 몸소 증명했다.

'창업할 정도로 용기가 있는 사람들이니 역시 대담한 거겠지. 일찍부터 과감하게 도전하다 보니 자연스레 능력도 개발되었겠지. 역시 난 안 되는 거야.' 스스로 선을 긋고 한계를 만들고 있을 때 하빈이 말했다. "보리, 저도 비슷했어요. 근데 그냥 하다 보니까 되더라고요. 회사 다닐 때 영혼 없는 회색 인간들을 보면서 십 년 후 내 모습이 이래도 괜찮을까? 스스로 물었는데 '아니다' 였어요. 그래서 어떻게든 내가 되고 싶은 모습을 그리면서 이거 해내지 않으면 안 된다 생각하고 배수의 진을 치고서 일하다 보니깐 어느새 내가 많은 일을 해내고 있더라고. 보리도 할 수 있어요! 보리가 갇혀있는 그 알을 깨고 나올 수 있게 도와줄게요."

새로운 영역에서 무언가를 배우고 잘 해내기까지 절대적인 시간이 필요하다. 성격에 안 맞는 재무팀의 업무를 완벽하게 익히고 수월하게 하기까지, 공간기획에 대한 감을 잡고 프로젝트를 리드하기까지 그때마다 삼사 년 정도의 시간이 걸렸다. 최근 내 선택과 노력의 결과가 계획하고 바라는 대로 되지 않아 '이게 나에게 맞는 길이 아닌가? 잘할 수 있는 일이 아닌가?' 계속 의심하고 보채 왔다. 도전의 시기가 조금 늦었다는 조급함이 더해져 버티지 못하고 도망쳤다. 왜 자꾸 늦었다는 생각이 들었던 걸까. 보고 여유를 가지며 기다리는 것이다. 기다리는 마음이 진심이고 간절하다면 어떻게든 드러나게 되어있다. 이를 악물고 힘을 주어서는 오래 버틸 수가 없다. 가볍게 사뿐사뿐해야 오래 그리고 멀리 갈 수 있지.

한두 번 시도하고 한 두 달 해보고는 몇 년 동안 갈고닦아온 고수가
되길 바라는 건 도둑 심보겠지. 그 정도가 되기까지 모두는 각자 버텨온
시간이 있기에 가능한 거니까. 하고 싶은 대로 내 속도대로 나아가면
되는 건데. 이번에도 또 도망칠 핑곗거리를 찾고 있는 건 아닌가. 지금
필요한 건 뒤돌아보고 의심하는 것이 아니라 그냥 묵묵히 하는
시간이다.

나에게 잘 맞다 싶은 환경을 찾고, 하고 싶다고 생각한 일을
찾았으면 찔끔하다가 안 맞는 것 같다고 힘들다고 회피하지 말자. 더
기웃거리지 말고 이제 끝장을 보자. 설령 이게 나랑 맞지 않는
길이었대도 후회 없이 이 길은 아니었다고 판단할 수 있도록. 마음을
편안하게 내려놓고 내 몸에 그 일이 자연스럽게 스며들 수 있는 시간을
갖자. 버티라는 건 그냥 될 대로 되게 놔두라는 게 아니다. 하고 싶은
것과 그 반짝거리는 결과물만 바라보며 이리 갔다 저리 갔다 촐싹거리지
말자. 지금의 자리가 숙고 끝의 선택이라면 그 선택을 한 나를 믿고
기다려주자. 만약 선택이 잘못된 것이라면? 그 나름의 깨달음이 또
있겠지. 그동안 내가 경험해오면서 깨달은 바처럼. 세상에 쓸모없는
경험은 없다. 쓸모없게 만들어버리는 마음가짐과 태도만 있을 뿐.

개미처럼 살아보자는 나의 좌우명을 고쳐 써 본다. 힘 빼고 사뿐!
이들과 1년을 함께하면서 갇혀있던 알을 서서히 깨뜨려 가고 있다.
포기하고 회피하려고 했을 때 이들은 내가 도망가지 않도록 손을
잡아주었고 내가 수치심을 느끼지 않을 수 있게 본인들의 취약성을 먼저
오픈했다. 일하면서도 일상에서도 동료 이상의 내적 친밀감을 쌓아가며
많은 걸 깨우치고 배워가는 중이다. 완벽하게 해야 한다는 강박을
내려놓고, 불완전한 나를 있는 그대로 인정하고 드러내고, 나를
믿어주면서. 지금까지 내 그래프에는 늘 '나'밖에는 없었는데 앞으로
그려갈 그래프에는 내가 누군가에게 받아온 것처럼 나도 나누어 주고
싶다는 바람도 새로이 생겼다. 이제는 나도 누군가가 자신이 갇힌 알을
깨고 나올 수 있게 도움을 줄 수 있는 사람이 될 수 있다면 좋겠다.

첨부. 힘 빼고 버티기 위한 팁 <노력의 기쁨과 슬픔>

어느 날 하빈이 요즘 읽기 시작한 책이라며 <노력의 기쁨과
슬픔>이라는 책을 추천했다. 이 책을 읽으며 내 생각이 많이 났다고
했다. 바로 다음 날은 날 보며 책을 다 읽고 나면 빌려줄 테니 꼭 한번
읽어보라고, 다음 날은 이 책을 선물로 사주겠노라 했다. 이렇게
적극적으로 추천하는 책이 궁금해져서 바로 읽기 시작했다.

너무 열심인 나를 위한 애쓰기의 기술
때로는 노력이 무용할 뿐만 아니라 비생산적이기까지 하다!

표지의 문구와 첫 문장은 노력의 아이콘인 나에게 반감 반, 기대
반으로 책을 시작하게 했다. '쉽게, 느긋하게, 편하게 하면 된다고?
어떻게 하면 그게 되는지 한 번 들어나 보자.' 하는 마음으로. 프랑스
작가 특유의 자유분방함과 '알아들을 테면 어디 한번 알아들어 봐'라는
식의 산만한 글이 조금은 불친절하게 느껴졌다. 하지만 책의 목차에
있는 것처럼 계속하고, 시작하고, 버티고, 생각을 멈추고, 목표하지 않고
그냥 읽히는 데까지 읽어보았다.

버티기의 기술 : 저지르지 말아야 할 가장 큰 실수는 흘러가는 시간을 붙잡고 씨름하는 일. 숨을 잘 참으려면 숨을 참겠다고 생각해서는 안 된다. 생각하지 않은 채 행동해야 한다. 나 자신이 행위 그 자체가 되어야 한다. 마치 동물들처럼 말이다.

생각 멈추기 : 과도하게 분석하려는 경향을 지닌 사람을 분석으로써 치료해서는 안 된다. 생각을 더 하는 것은 생각이 너무 많은 사람을 치료하는데 전혀 도움이 안 된다. 오히려 숙고의 고리를 끊으려고 노력해야 한다.

올리비에 푸리올, <노력의 기쁨과 슬픔> 중에서

한 번 읽은 책을 여러 번 읽는 스타일이 전혀 아닌데, 이 책을 6개월 사이 5번이나 읽었다. (정확히는 들춰보았다는 표현이 더 맞겠다.) 이 책이 주는 메시지 때문인지 나에게 친절하다 느껴지지 않는 저자의 문체 때문인지는 몰라도 처음부터 끝까지 온전히 집중하여 오래 읽기는 여전히 힘들다. 무슨 말을 하고 싶은 건지 잘 모르겠고 앞과 뒤가 다른 것 같기도 하다. 턱턱 걸리는 부분은 그냥 흘려가며 그때그때 나에게 다가오는 부분과 문장만 읽다 보니 매번 읽을 때마다 새롭게 느껴진다.

앞으로도 힘에 부치고 의심이 들 때면 자주 옆에 두고 읽으면서 계속 힘 빼는 연습을 하기를. 새해에는 나에게 편한 자세를 찾을 수 있기를 바라며. 그리고 다음의 이 책을 본 나는 얼마나 달라져 있을지 기대하며.

처음 이 책을 읽기 쉽지 않았지만, 가볍게 마음에 와닿지 않는 부분은 넘기며 읽다 보니 나에게 와닿는 문장을 만날 수가 있었다. 힘 빼고 버티는 것과 이 책을 읽는 것과 비슷한 것이겠지. 처음부터 각 잡고 완벽하게 무언가 하려다가 나가떨어지지 않고, 자연스럽게 맞아주고 받아들이다 보면 어느새 변해있는 나를 볼 수 있는 것처럼.

리추얼 메이커, 쉽고 재미있게 꾸준히!

#나만의 기록을 쌓아가는 리추얼 메이커와의 첫 미팅 날

"쓰신 책 밑줄 긋고 귀퉁이 접어가며 너무 재미있게 읽었는데 이렇게 뵙게 되어 영광이에요. 회사 다니시며 책도 여러 권 내시고, 책에서 소개하신 기록들도 모두 오래 해오신 것 같던데 정말 대단하신 것 같아요."

"제가 하는 일들 다 소소하고 쉬운 것들이잖아요. 저에게 재미있는 일이라 그냥 되는 거 같아요. 하기 싫은 거 억지로 하는 거면 저도 못했을 거예요. 좋아서 하나씩 하다 보니 그리 되었어요. 꾸준히 하다 보면 쌓여서 뭐든 되더라고요."

#리추얼 이벤트를 준비하는 온라인 미팅

"와 이번에 또 출간하셨어요? 강연도 참 많으신데 언제 이렇게 책까지 사부작사부작 준비하고 계셨던 거예요?"

"몇 번 반복하다 보니 요령이 생기기도 했고 오래 해오면서 수월해져서 그런 것 같아요. 처음에 저도 시작할 땐 시간도 오래 걸리고 부담이 되어서 왜 이렇게 나는 사서 고생인가 싶었는데, 이게 꾸준히 계속하다 보니 어느 순간 팍! 느는 것 같더라고요. 그런 경험이 쌓이다 보니 꾸준하게 쌓은 시간은 절대 배신하지 않는다는 걸 깨달았어요. 어떻게든 도움이 되더라고요."

#리추얼 메이커 소규모 미팅 날

"일도 하고 독립출판도 하고 새로운 프로젝트도 하고 몸이 도대체 몇 개예요? 근데 이렇게 바쁠 것 같은데 에너지도 정말 좋아. 메이트들과 나누고도 넘쳐흐르는 그 에너지의 원천이 뭐예요?"

"저 하나도 안 바빠요. 그냥 하면 돼요! 하겠다 저지르고 벌여놨으니 어떻게든 수습하며 하다 보면 되는 거 아니에요? 하하. 그리고 저는 함께하는 분들에게 제가 에너지를 드리고 있는지 잘 모르겠어요. 오히려 제가 그곳에서 에너지를 많이 얻고 있어서."

리추얼과 관계없이 리추얼 메이커들이 자주 말하는 단어가 있다. 쉽게, 편하게, 재미있게, 그리고 꾸준히. 함께 일하는 팀원들에게도 정말 자주 들었던 말인데 어느 날 리추얼 소개 페이지를 작성하다가 이 단어들이 구조적으로 팍팍 꽂히는 날이 있었다. 뭐든 꾸준히 해야 하고 꾸준하려면 쉽고 편하고 재미있어야 하는 거구나! 이제야 받아들일 마음의 준비가 된 어느 날이 아니었을까 생각한다.

꾸준함이란 참으로 나와 안 어울리는 단어였다. 매번 계획만 완벽하게 세우느라 실천하기가 어려워서 그랬는지 무언가를 진득하게 오래 해본 적이 있었나 싶다. 그렇게 열심히 하던 리추얼도 리추얼을 업으로 하는 회사에 와서 멈추게 된 나였다. 일하느라 바쁘니 어쩔 수 없지. 할 게 얼마나 많은데 인문학책을? 명상을? 일기를? 늘 그렇게 생각하며 마음의 on/off 스위치 사용법을 몰랐다. 그래서 갭이어를 결심했었고, 밑미에서 일하면서도 리추얼을 내려놓아야만 했었다.

리추얼 소개 페이지에 쓸 문구를 찾으려 오랜만에 다시 펼쳐 든 책에서 눈길을 사로잡는 문장을 만났다. "3분 내에 잠자리를 정리하라. 그 이상의 시간을 쏟으면 며칠 하다가 포기하게 된다." - 팀 페리스, <타이탄의 도구들> 매일 아침 성취감을 느끼며 시작하고 싶다면 잠자리를 정리하는 것과 같은 아주 작은 것으로부터 시작하라는 이야기였는데, 나에게 방점은 3분에 찍혔다. 포기하지 않을 수 있는 시간. '쉽고 편하게'라는 게 이 정도여야 하는 거구나.

'재미'는 어떻게 찾아야 할까? 내가 지금 재밌다 생각하는 글 쓰는 걸 어떻게 시작했더라? 끌려서가 아니라 의무감에 시작했던 일이었다. 이미 나에 대해 충분히 잘 알고 있다 생각하며 많은 시도를 해보지 않았었다. '이런 걸 왜 해, 이런 책은 나에게 필요 없어, 나에게는 해당 없는 소리야.' 내가 그랬던 것처럼 주변에 누군가 이런 생각을 하고 있는 듯하면 마음을 열고 무엇이든 해보라고 조심스럽게 추천한다. 책과 글쓰기를 그렇게 오래도록 싫어했던 내가 잠자는 시간을 줄여가며 책을 쓸 거라고는 상상도 못 했던 일이니까. 다양하게 많은 걸 해봐야 좋아하는 일도 잘하는 일도 찾을 수 있다. 생경한 환경에 노출할수록 많은 '나 정보'를 수집할 수 있다.

리추얼 메이커들을 보면 매 순간 최선을 다하며 참 열심히 살아간다. 일 잘하는 건 기본에 책도 출간하고 사람들과 좋은 에너지를 나누고 여행도 다니고. 회사를 포기하고 갭이어를 가지면서 해볼까 계획했던 일들을 그들은 회사를 다니면서 짬을 내서 하나씩 하고 있었다. 재밌어서 시작했고 하다 보면 뭐라도 되겠지 싶어서 계속했다고 했다. 대단한 결과를 바란 건 아니었지만 무언가를 하다 보면 꼭 그 꾸준함의 결과가 쓸모를 만들어준다고 했다. 나는 단기에 성과를 내거나 아웃풋이 없으면 바로 그만두고는 했는데 그들과 나의 차이가 명확히 보였다.

나도 내게 필요한 것과 내가 원하는 걸 위해 꾸준히 해야겠다. 쉽게 편하게 재미있게 할 수 있는 나만의 방법을 찾아야겠다. 어떻게? 그냥 해보는 거지 뭐. 다들 그냥 하다 보니 어찌어찌 되었다고 하니 나도 그냥 해보자. 아무리 바빠도 매일 한 시간씩, 아니 30분만이라도 해보자. 나를 위해 하루 30분도 쓸 수 없다면 이건 너무 슬픈 일 아닌가. 무엇을 위해 그렇게까지 살아야 하나. 이런 생각으로 아침 명상을 시작했고 독립출판을 위해 글 쓰는 시간을 확보했다.

리추얼 메이커들을 가까이서 지켜보면 모두에게 꾸준히 버티며 쌓아온 시간이 있더랬다. 매 순간순간에 최선을 다하며 살아간다. 생각에 머무르지 않고 행동으로 실천하고 결정적으로 꾸준히 한다. 그리고 그 시작은 늘 쉽고 재밌는 것이었다. 나도 늦지 않았다. 포기만 하지 말자. 꾸준함의 결과를 맛볼 수 있는 첫 성공의 경험을 만들자. 지금부터 만들면 되지. 그들에게도 시작이라는 게 있었을 테니.

페이스 메이커, 서로의 거울이 되어 줄게요.

#어색해 보이는 세 사람. 지하철역으로 걸어가는 길

"이번 주말에는 뭐 하세요?"

"요즘 토요일마다 글쓰기 워크숍 들으러 가요. 마케터가 되고 보니 글을 잘 써야겠더라고요."

"저도 그거 참여하고 있어요! 전 금요일 반!"

"와! 저도 올해 초에 그거 들었었어요. 그 기회로 브런치도 시작했고."

"오, 작가님 이름 알려주세요. 브런치 구독할래요. 근데 이 수업 끝나고 과연 꾸준히 글을 올릴 수 있을지 모르겠어요."

"저기……. 초면에 이런 제안하는 게 좀 저도 이상하긴 한데…….
우리 같이 글쓰기 모임 할래요?"

　각자 이름표를 붙이고 같은 테이블에 배치된 브랜딩 관련 모임. 행사 내내 어색해하다가 지하철을 타고 몇 정거장을 가는 동안 우리는 놀람과 신기함의 감탄사를 연발하며 서로에게 공감하고 연신 물개박수를 치다가 채팅방을 오픈했다. 글쓰기에 대한 공통 관심사로 만난 우리는 서로의 글을 공유하며 공통점 찾기를 이어갔다. 자기 계발과 성장 욕구가 강하다는 것, 일에서의 성취감이나 만족감을 무엇보다 중요하게 여긴다는 것, 그리고 걱정도 많아서 용기 내고 싶어도 주저하는 경우가 많다는 것도. 서로 용기가 필요한 순간 용기를 세 배로 만들어 지지하고 응원했다.

이들과 일 년 반을 함께하면서 셋은 모두 자신이 원하는 일과 회사를 찾아 이직을 한 번씩 했고 그중 둘은 자체적으로 방학 생활을 하며 자신이 원하는 걸 적극적으로 해보는 시간을 보냈다. 스타트업으로 이직하기 전까지는 주변에서 비슷한 고민을 하거나 생각을 하는 사람을 찾기가 어려웠는데 성향과 취향까지 비슷한 사람들을 만나보고 나니 역시 환경을 바꾸기 잘했다 싶었다.

갭이어를 고민할 때 이전에는 주변에 "미쳤니, 월급 받는 회사생활이 다 똑같지, 현실적으로 생각해"라고 말할 사람들밖에 없었기에 용기 낼 수 없었지만 이번엔 달랐다. "저 5개월째 쉬고 있잖아요. 다 살아져요. 세상 무너지지 않아요. 사실 오래 쉬다 보니 좀 불안해져서 지난달에 이력서 넣어봤거든요. 근데 바로 연락 오더라고요. 괜찮아요." 가고 싶은 그 길을 먼저 가본 사람의 이야기를 들으며 용기를 얻을 수 있었다. 나와 성격도 지나온 시간도 비슷한 사람이니 확신을 가지고 앞으로 나아갈 수 있었다.

마음 깊숙이 고민과 고충으로 힘들 때면 이들을 제일 먼저 찾게 되었다. 나아지길 바라며 이직했는데 왜 내 색을 점점 더 잃어가는 느낌이지? 나 여기서 잘할 수 있을까, 이 회사 괜찮을까, 간절히 바라던 회사에 왔는데 벌써 이런 생각을?! 하며 갈팡질팡할 때면 그들에게 SOS를 요청했고 회사와 일에 대한 솔직한 이야기를 나누고 나면 복잡한 머리가 정리되었다.

멀리서 보면 모두의 삶은 다 희극이니 다들 별 어려움 없이 원하는 대로 잘해나가고 있는 듯했다. 나도 그들도. 누군가의 고민으로 만나면 다들 비슷한 고민 중이었기에 누군가의 이야기는 항상 내 이야기 같았다. 그들의 이야기 속에서 미처 인지하지 못한 나를 발견하기도 했고 조언을 해주다가 고민의 답을 스스로 발견하는 신기한 경험도 하며 느낌표를 모았다. 수다를 좋아하지도 즐기지도 않지만 '아! 이래서 나와 마음이 맞는 사람들의 대화가 필요하구나'를 깨달았다.

글쓰기도 이들과 함께했기에 가능한 일이었다. 처음 매주 하나씩 어떤 글이든 쓰는 습관을 기르는 것도, 일과 성장이라는 주제로 글을 쓰는 것도 이들과 또 이들과 연결된 인연이 더해서 오래할 수 있었다. 첫 카톡방은 일 회고로 독립출판 모임으로 계속 이어졌다. 주변에서 글쓰기를 좋아하는 사람을 찾는 건 쉽지 않았는데 꾸준히 뭐라도 써보자며 응원하는 사람들과 함께하니 이년이 넘도록 꾸준히 쓸 수 있었다.

대단한 사람들에게 강연을 듣고 영감을 얻는 것보다 꾸준히 함께 할 수 있는 페이스 메이커와 함께하는 일. 그게 나에겐 더 큰 힘이 되었던 듯하다. 번쩍하는 스파크가 필요한 순간도 있지만, 꾸준히 오래가게 하는 에너지가 필요한 시간이 우리에겐 더 많으니까. 이들과 손잡고 함께 하니 더는 크게 흔들리지 않는 선을 그리며 늠름하게 나아갈 수 있다.

메이트, 내가 경험한 그 좋은 걸 함께하고 싶어서.

아침, 저녁으로 온라인 미팅이 빼꼭하게 잡힌 주말. 의무감에 힘겹게
일어나 씻고 모니터 앞에 앉아서 카페인으로 잠을 깨우며 주문을 건다.
'내가 좋다고 하는 일이잖아.'

아무리 좋아하는 일이라도 힘든 시간이 있다. 한 달에 한 번씩
돌아오는 주말 아침 온라인 미팅은 솔직히 가끔 귀찮거나 짐스럽게
느껴질 때가 있다. 하지만 온에어가 되면 신기하게도 10분 만에 마법이
펼쳐진다.

늦잠과 늘어지고 싶은 본능을 이겨낸 용사들이 하나둘 모인다.
긍정적인 변화를 기대하고 신청한 메이트이든, 좋은 경험을 나누고
싶다는 리추얼 메이커이든, 의무감으로 참석한 담당자이든, 다들 좀 더
나은 내일을 기대하며 무엇이든 해보려는 멋쟁이들. 그런 이들과 4주의
시작을 여는 순간에는 초록의 싹을 피워내는 봄의 에너지 같은 게
흘러넘친다. 잘해보자는 다짐, 각자가 원하는 걸 해낼 수 있으리라는

기대, 비슷한 생각과 고민을 한 사람들과 함께 으쌰으쌰 해보자는 응원 샤워를 맞고 나면 에너지가 퐁퐁 차오른다. 나도 모르게 뭔가를 흥얼거리고 오늘 들은 좋은 이야기를 오래 기억하고 싶어 기록하고 일기에 마구 떠오르는 아이디어도 적어보는 그런 살짝 흥분된 상태가 된다.

그렇게 시작의 문을 열고 한 달 동안 꾸준히 각자의 시간을 나누며 함께 일상의 변화를 만들어간다. 취향과 성향이 비슷한 사람이 많아서 다른 분들이 수집한 문장과 공유한 책의 일부분만 보아도 매번 공감하고 감동하기 일쑤이고 내가 남기고픈 댓글들은 꼭 이미 누군가가 남겨놓아 신기해 할 때도 한두 번이 아니다. 매일의 시간을 공유하다 보면 나와 똑같은 생각을 하는 이 사람을 더 알고 싶어져 이전 글들을 찾아 읽고, SNS에 올린 글을 찾아보며 혼자 팬심이 빠지기도 한다. 같은 리추얼을 세네 달 함께 하는 분들과는 한집에 사는 사람보다 더 내밀하고 솔직한 이야기를 나누는 친구가 되기도 하고. 그들이 수집한 문장과 글을 다시 수집하면서 나를 돌아보게 되고 균형을 잃고 자빠지려는 나를 다잡게 된다.

첫눈이 내린 날이면, 비가 그치고 무지개라도 뜬 날이면 열 개가 넘는 리추얼 방에는 약속이라도 한 듯 눈 사진, 무지개 사진이 올라온다.

꽃 이름 알아맞추는 걸 좋아하는 누군가가 있는 방이면 벚꽃인지 복숭아꽃인지 자두꽃인지 알려달라며 비슷한 꽃 사진이 마구 올라오기도 한다. 보기만 해도 너무 사랑스럽게. 어디서 누군가 밑미의 프로그램이나 상품을 소개해주면 긴급하게 연락이 온다. 빨리 여기 들어가서 라이브 영상 확인해 보라고. 밑미팬이 나타났다고! (반대로 우리를 그대로 복사해다가 붙여넣은 듯한 페이지를 보면 신고해야 하는 거 아니냐며 우리보다 더 분개한다.) 이런 찐 팬들의 존재감을 확인할 때면 역시 나의 선택이 틀리지 않았음을 인정받는 기분이다. 내가 일하고 싶은 회사는 나 자체가 회사의 찐 팬이자 나 같은 사람이 많은 브랜드를 가진 회사였으니까.

리추얼을 통해 힘든 시간을 극복할 수 있었다는 감사인사나 우리가 함께 한 시간의 결과물로 자신이 품어오던 꿈을 실현하게 되었다는 고백을 들으면 힘들고 피곤함이 싹 가시는 듯하다. '아 이 맛으로 일 하는 거구나!' 최근에는 리추얼을 통해 퇴사했고 리추얼을 통해 단단해진 마음으로 입사를 하셨다는 메이트의 말에 출근길 지하철에서 눈물이 핑 돌았다. 내가 진심을 담아 만드는 프로그램이 누군가에게 도움이 되고 있다는 사실이 감사하고 동시에 '지금 잘살고 있구나'하는 다행의 안도감, 뿌듯함 같은 기분이 몰려온다. 퇴근하고 집에 갔을 때 아이가 달려와 안기면 하루의 피곤함이 다 날아간다는 말을 들은 적이 있는데 그 기분이 이런 게 아닐까 상상해 본 적이 있다.

커뮤니티에서 일 년이 넘게 함께했던 메이트가 치어리더가 되고, 자신만의 리추얼을 해나가는 치어리더가 리추얼 메이커가 되기도 했다. 치어리더로 오래 함께했던 분들을 리추얼 메이커로 소개하던 순간을 잊지 못한다. 우리가 함께하는 시간이 차곡차곡 쌓여가는 느낌. 서로가 영향을 주고받으며 나아가는 느낌. 우리의 역사를 함께 만들어나가는 묘한 기분. 나는 이기적이어서 나만 성장하는 게 중요한 사람인 것 같다는 부끄러운 마음을 가진 사람인 줄만 알았는데 말이지. 사람이 이렇게 변하기도 하나 보다.

입사 동기, 당신의 시야를 넓혀줄게요

#점심시간, 죽집

"전시 보면서 어떤 게 좋았어요?"

"나도 사진집 만들고 싶다는 생각이 들어서 혼자 구석에 앉아서
메모장에 그 아이디어를 1시간 정도 막 썼어요. 혼자 상상해보는 그
시간 자체가 좋았어요."

"오. 신기하다. 그게 뭐였어요? 해봐요. 해보면 되지."

"지금은 좀 힘들 것 같고, 좀 더 여유가 생기면?"

"보리는 지금 시간이 많다면 뭘 하고 싶어요?"

"갭이어 때 하고 싶다고 생각했던 거 다 하고 싶어요. 글도 쓰고 싶고
여기저기 돌아다니고 싶기도 하고 사진도 찍고 영상도 찍고. 내가
만든 결과물을 엮어서 작품으로 만들고 싶어요. 책이든 뭐든"

"보리는 창작 욕구가 진짜 강한 것 같아요."

"제가요? 사람이라면 본능적으로 다 갖는 거 아닌가? 전 그림도 못
그리고 손재주도 없어서 늘 못한다고 생각했거든요. 요즘은 꼭

손으로 뭘 만들어내지 않아도 가능하겠다는 희망을 찾은 것 같달까?
근데 뭐 그냥 희망 사항이죠"

"누구나 그런 욕구를 가지는 건 아니에요. 저는 전시를 봐도 내
작품을 만들고 싶다는 생각이 들지 않거든요. 보리에게 창작욕이
아주 강하다는 걸 자주 느껴요. 그렇다면 그걸 꼭 해야 한다는
이야기이기도 할 거야. 아직 본인을 잘 모르시네. 밑미하세요*."
*밑미하세요 : 우리 회사 이름인 밑미. 스스로에 대해 잘 모르는 포인트를
동료들이 짚어 줄 때 농담하듯 쓰는 표현

나와 30년 넘게 살아오면서 스스로에 대해 충분히 알고 있다고
생각했지만 입사 동기 제이는 내가 모르고 있던 나에 대한 정보를
알려주면서 '내가? 정말?' 하는 포인트들을 자주 발견하게 했다.

시간이 나면 전시를 보러 가는 걸 좋아한다. 누군가의 작품을 보며
'이런 방식으로도 메시지를 전달할 수 있구나. 나도 만들어보고 싶다.'
생각하며 내 손으로 빚어낸 무언가를 상상하며 기대에 부풀어 있을 때가
많았다. 밑도 끝도 없이. 제이의 말을 들은 이후부터 전시를 즐기는 진짜
이유가 작품을 감상하는 것보다 내가 만들 무언가를 상상하는 게
좋아서였음을 알게 되었다. 사람이면 갖는 본능이라 여겼던 이 마음이
나를 꿈꾸게 하는 동력이라는 걸 알게 되었다. 모두가 나 같지 않다는
것도.

끌리는 책이나 영화나 드라마에도 공통점이 있었다. 자신이 좋아하는 일이나 하고 싶은 일을 찾아서 끝끝내 포기하지 않고 현실을 이겨내며 결국 하고야 마는 스토리에 늘 마음이 쿵쾅거렸다. '나도 저렇게 되고 싶다!' 두근거리게 하는 스토리라면 여지없이 빠져들었다. 자꾸 늦었다는 생각 때문인지 마음속에 오래 꿈을 품어온 사람의 이야기일수록 감동이 배가되었다. 앞으로 그려나갈 인생 그래프의 방향은 결국 이쪽이구나.

이 깨달음과 동시에 일을 통해 두근거리는 자아실현의 욕구를 모두 이뤄내려고 안간힘을 써왔다는 것도 알게 되었다. 나의 작품, 결과물을 만들어 내고 싶다는 욕구를 가장 쉽게 행동으로 옮겨볼 수 있는 창구가 나에게는 일밖에 없었다. 일을 통해 무언가를 실행해보고 만들어내 본 경험이 전부라 내 창작물을 만들고 싶다는 욕망도 일에서 해결해보려 했다. 그러니 하고 싶은 것만 할 수 없는 회사에서 원하는 것을 더 크게 바라며 힘들어했다. 그렇게 새로운 영역으로 발을 넓혀나가며 도전했고 빨리 좋은 결과물을 내야 하는데 경험이 부족하니 마음처럼 결과가 쉽게 따라 주지 않아 몸살을 했다. (물론 그 과정에서 재미도 느꼈고 또 성장하기도 했지만) 한 우물만 파는 사람에 비해 퍼포먼스가 떨어지는 것 같아 조급해지고 불안했다. 나의 취향이 아닌 회사의 톤에 맞춰야 하는 갭이 발생하면 내 뜻대로 할 수 없다는 아쉬움을 크게 느꼈다. 채워지지 않는 뭔가가 찜찜하게 늘 남아있었다. 보완해줄 것이 없으니 오로지 일 하나에만 목을 매고 있으니 균형을 잡지 못해 생긴 문제였다.

　일에서 모든 걸 해결하려고 하지 말고 일을 통해 쌓인 것들을 활용해 내가 만들고 싶은 결과물을 만들어보면 어떨까? 일을 회고했던 글을 엮어서 책을 만들어봐야겠다. 일이라는 틀에 갇혀있다가 무궁무진한 가능성이 열린 곳으로 나오는 계기가 된 순간이었다. 일에서 벗어나 무언가 하고 싶은 것의 실체가 생긴 건 처음이었다. 내 인생의 아티스트가 되어 의미 있는 작품을 만들자.

　주중에는 열심히 일하고 주말에는 내 이야기를 썼다. 글이 쓰기 싫을 때면 다시 일하면서 서로를 환기의 수단으로 활용할 수도 있었다. 그러다 마음의 여유를 찾을 수 없을 만큼 일이 많아지고 주말에도 일을 해야 하는 상황이 되면 일하는 자아로만 오래 생활하던 관성이 되살아났다.

　#퇴근 후, 회사 앞 공원을 산책하며

　"요즘 책은 어떻게 되어가요?"
　"권태기인가 봐요. 3주째 올스톱. 두 번이나 다시 썼더니 지난달부터는 파일을 안 열게 되더라고요."

"쉬어갈 땐 잠시 쉬고, 그러다가 또 달려야지. 포기하면 안 돼요."

"나 과연 끝장을 볼 수 있을까?"

"일하며 병행한다는 게 말처럼 쉽지 않지. 보리가 주말마다 글 써온 그 시간의 맺음을 꼭 하길 바라요. 벌써 여기까지 왔잖아. 누구보다 보리의 책을 기다리고 있어요. 절대 포기하면 안 돼요!"

과연 할 수 있을까 싶은 생각에 쭈글이가 되어 있을 때마다 여지없이 제이는 나를 응원했고, 잊기 쉬운 초심을 자주 상기 시켜 주었다. 내 책을 만들겠다는 생각만으로 엔돌핀이 마구마구 솟아나던 그때를. 일에 밀려 가끔 마음 한 쪽에 있더라도, 먼지가 쌓이지 않도록 자주 꺼내어 볼 수 있게 재충전 해주는 역할을 그가 해주었다. 그렇게 부족함이 많지만 일단 어떻게든 끝을 내어보겠다는 목표 한 가지는 이룰 수 있었다.

에필로그

리추얼이 만든 변화 - 균형 있는 삶

#리추얼 단체채팅방

"명상을 처음 배울 때 명상 선생님이 매일 한 이야기가 있어요. 바로 고양이와 쥐의 비유입니다. 고양이는 우리의 '알아차림'이고, 쥐는 '생각'이에요. 우리는 스스로가 쥐(생각)를 잡을 수 있다고 생각하지만 우리는 쥐를 잡을 수 없어요. 우리가 할 수 있는 건 오로지 고양이(알아차림)에게 먹이를 줘서 고양이를 키우는 수밖에는 없죠. 결국 끊임없이 알아차림을 해주는 것이 우리가 할 수 있는 유일한 방법인 거죠. 고양이를 키우는 방법, 알아차림을 반복하는 것이 바로 명상입니다."

담당자로 참여했다가 우연히 접한 이 말에 명상을 시작하게 되었다. 명상의 핵심은 알아차림에 있다고 했다. 생각이 들지 않는 '무'의 상태를 지향하는 것이 아니라 '이런 생각을 지금 하고 있구나'하고 알아차리는 것. 알아차리고 생각을 보내주고 돌아오는 과정.

명상을 처음 할 때는 해야 하는 일이 계속 떠올라 힘들었다. 심지어 명상하다가 생각난 아이디어를 놓칠까 봐 잠시 눈을 뜨고 메모를 하고 다시하기도 했었다. 이게 뭐 하는 건가 싶다가도 한 달만 지속해도 그 효과가 평생 영향을 미칠 수 있다는 꾸준히 해보기로 했다.

가만히 호흡만 하고 있으면 오히려 많은 생각이 들어 걸으며 몸의 감각에 집중하는 걷기 명상도 해보고 너무 추워서 이불속에서 빠져나오기 힘들면 그냥 침대에 누운 채로 가이드 영상을 켜고 소리를 들으며 손가락과 발가락을 꼼지락거리면서 하루를 시작했다. 과연 효과가 있을까 싶었지만 아무것도 하지 않아도 작동한다는 뇌를 쉬게 해주자는 생각으로 하루 10분 이런 시간을 반복했다.

언제부터인지 모르겠지만 알아차림은 일상에서 그 힘을 발휘하기 시작했다. 순간 짜증 나는 일이 생기면 '내가 지금 짜증이 났구나', 기분이 좋으면 '지금 만족감을 느껴서 기분이 좋구나' 알아차리기 시작했다. 자체만으로도 잠시 그 상황과 분리되는 느낌이었다. 알아차림은 이전에 반년 정도 지속했던 감정일기의 효과와 맞물려 시너지 효과를 냈다. '기분이 나쁘네. 불쾌한 감정을 느끼는 진짜 이유가 뭐지? 방금 어떤 상황이었지? 그 상황에서 나는 무슨 생각을 했지?' 감정이 일정 수준을 넘어서면 지하철에서도 노트를 꺼내 감정일기를 적었었는데 이제 알아차림이 되면 머릿속에서 자동으로 써지는 느낌이었다.

많은 사람이 명상이 어렵다고 할 때마다, 예상보다 어렵지 않고 재미있게 느껴지는 내가 뭔가 명상을 잘못하고 있는 건 아닌가 생각하기도 했었다. 명상이 나랑 잘 맞는다고 생각했었는데 가만히 보니 결국 명상의 알아차림이나 감정일기에서 나를 관찰하는 것 모두가 자신을 객관적으로 바라보게 한다는 관점에서 결국 같은 행위였음을 알 수 있었다. 감정일기를 쓰면서 훈련되어 있었기에 명상이 쉽다고 느껴졌던 거다.

생각의 알아차림은 일상의 많은 변화를 불러왔다. 할 일에 치여 눈 뜨자마자 컴퓨터를 켜고 일의 바다에 빠져 허우적대는 대신 일의 우선순위를 정하고 중요한 일부터 하나씩 처리하며 숲을 바라볼 수 있게 되었다. 시간에 쫓기는 대신 왜 시간이 부족한지 근본적인 고민을 했다. 모니터 앞에서 점심을 대충 때우는 대신 밥을 먹고 산책을 하고 잠시 몸과 마음에도 산소를 리필해주고 일할 때 효율이 좋다는 사실을 깨달았다. 이런 하루와 일주일과 한 달의 시간이 쌓이니 왜 휴식이 중요하다고 했는지, 일과 삶의 균형이 중요하다고 했는지 그제야 머리가 아닌 마음으로 이해가 되었다.

그동안 나의 일상은 '일'을 중심으로 세팅되어 왔다. 맡은 일을 제때 제대로 완수해내기 위해 에너지를 모두 쥐어짜 내고는 탈진하고 앓아눕기 일쑤였다. 모든 시간과 에너지를 일에만 쏟은 채 절름발이로 오래 살아왔다. 나의 꿈도 모두 일에서 실현하려고만 했을 정도로. 하지만 일 안에서가 아니라 일을 통한 이야기로 나만의 결과물을 만들겠다는 첫 번째 목표가 생긴 이후 '일을 하는 나'와 '내 글을 쓰는 나'가 서로에게 탈출구가 되는 듯하고 또 힘이 되어 주기도 한다. 이전에는 일에 지쳐서 아무것도 하기 싫을 때면 그저 시간을 죽이며 텔레비전 앞에서 시체처럼 늘어져 있었는데, 이제는 그 대신 글을 쓰고 글을 쓰다가 지겨우면 다시 일한다. 내가 글을 쓰며 고민하는 시간이 일에 도움이 되고 일하는 시간이 또 내 글을 쓰는데 좋은 영향이 되는 선순환이 이루어진다. (물론 내 가치관에 맞는 회사를 오니 가능한 일이다.)

일에서 끝장을 보겠다며 선택한 회사에 와서 매일 아침을 명상으로 시작하고 독립출판하겠다는 목표를 이루게 될 거라고는 상상도 못 했다. 늘 이 책을 컴퓨터 안에서 책상 위로 끌어 올리기까지의 시간을 돌이켜보면, 내가 한계를 깰 수 있도록 도와준 사람들, 나도 몰랐던 내가 원하는 걸 발견하게 해준 사람들이 있었다.

이들과 함께하면서 일하는 자아로만 살아왔던 내가 원하는 또 다른 자아의 꿈을 찾을 수 있었다. 일과 삶의 균형을 찾아가면서. 재미있게 일하고 나의 개인적인 꿈을 위해 노력하면서 행복하게 하루를 살고 매 순간 최선을 다하며 스스로 능력을 키워가면서 성장하는 것. 인생 그래프의 방향성을 설정할 수 있었다. 이제 그 방향을 향해 나아가기 위한 방법을 고민할 차례. 그리고 받기만 하는 사람에서 나누는 사람으로 행동할 때.

앞만 보고 일해 온 나의 단순하면서도 혼자서 시간의 궤적이 앞으로는 좀 더 과감하고 컬러풀하고 그러면서도 가벼워지기를. 그리고 나도 누군가의 고민에 도움이 되는 사람이 될 수 있기를.

보리

원하는 게 뭔지, 어떻게 살아야 할지 고민하기보다 남들의 인정과 칭찬을 위해 애써왔던 모범생이자 뭐든 완벽하게 잘 해내고 싶어 계획만 세우다가 포기해버리고 말았던 회피 주의자였습니다.

하고 싶은 일에 쓰고 싶은 에너지를 해야만 하는 일에 모두 쏟아부었지만 한계를 깨닫고서는 도전을 시작합니다. 너무 늦은 건 아닌지 걱정하면서도 결국 좋아하는 일과 하고 싶은 일에 미련을 버리지 못하고 말이죠. 재미와 의미를 찾아 도전을 반복하며 원하는 일에 다가가게 되고 삶의 전부였던 일을 균형 잡힌 삶의 일부로 바라보게 되었습니다.

여전히 앞으로 어떻게 살아야 할지 고민하며 나에게 맞는 방법을 찾아가는 중입니다.

E-mail seraphina0505@icloud.com
Instagram/brunch @seraphina0505

점을 찍다
선을 그리다
길이된다
© 보리
초판 1쇄 발행 2022년 5월 15일

글 | 보리 @seraphina0505
표지 | 제이노트 @j.note

이 책은 저작권법에 따라 보호를 받는 저작물이므로
무단 전재와 복제를 금합니다.

값 11,000원